I0564969

LE IALOVX

SANS SVIET,

TRAGI-COMEDIE,

DE BEYS.

QVI NAIST

HEVREVX AINSI

A PARIS,

Chez Tovssainct Qvinet au Palais, dans la petite
Sale, souz la montee de la Cour des Aydes.

M. DC. XXXVII

A MONSIEVR,

MONSIEVR

DE GONDY,

ABBE DE BVZAY,

ET DE QVINPERLAY, &c.

ONSIEVR;

M Quand voſtre modeſtie ne me deffendroit pas de parler de toutes les autres vertus que vous auez, ce n'eſt pas en cét endroit que i'en voudrois fairé le Panegyrique. Voſtre Illuſtre maiſon, d'où ſont ſortis de ſi grands hommes, qui ont gouuerné l'Eglife & l'Eftat, & ce puiffant efprit, qui vous donne plus d'empire fur les autres que voftre naiffance, ne font point les confiderations qui m'obligent de vous dédier cét ouurage. Toutes les fois que ma memoire m'a remis deuant les yeux l'honneur que vous me faites de m'eftimer, ie me fuis mis en colere contr'elle, de ce qu'elle me reprefentoit en mefme temps les excellentes qualitez que l'on admire en vous; En effet elle m'infpiroit le defir de vous rendre ce deuoir, & m'oftoit auffi toft la hardieffe de le faire: i'euffe bien voulu que vous n'euffiez pas efté ce que vous eftes, ou que ie ne vous euffe pas connu comme ie fais; mon iugement a demeuré long temps fufpendu, & pour le faire pancher de ce cofté, il m'a fallu chaffer toutes les belles idées qui me font venuës de vous, & vous regarder par le feul endroit par où vous voulez que l'on vous approche fans eftonnement: ie veux dire par cette genereufe facilité qui donne de la refolution aux timides. Veritablement c'eft vn artifice que vous employez pour

nous tromper à noftre aduantage ; c'eft vne
apparence humaine que vous prenez pou
vous faire voir : fans cette ombre, dont vou.
tafchez d'obfcurcir vn peu des couleurs f
viues & fi efclatantes, nous aurions de la pei
ne à les regarder. La plus part de ceux que la
feule fortune rend adorables aux ames laf
ches, auec vne majefté noire & brutale ef
pouuantent ceux qui s'en veulent appro
cher, & les empefchent de remarquer leur.
defauts ; ce font de ces Palais enchantez, qu
n'ont que du vuide, qui ne font remplis que
d'illufions, & dont les portes font gardée:
par des beftes farouches : bien differents de
ces Temples, dont les portes ouuertes, en
richies au deffus d'infcriptions familieres.
attirent doucement les deuotieux, & don
les beautez fainctement eftranges les rem
pliffent d'horreur quãd ils font entrez. Sans
cette facilité, MONSIEVR, qui m'intro
duic fi librement dans voftre maifon, ie n'au
rois pas fi bien remarqué, ny la viuacité de
voftre efprit, ny la force de voftre iuge
ment, qui fe donnent pour objets les matie

res agreables auſſi bien que les ſerieuſes.
C'eſt ce que ie deuois apprehender, leur
ſoubmettant ce mauuais ouurage, ſi ie ne
faiſois moins d'eſtat de la qualité de bon
Poëte, que de celle,

MONSIEVR,

DE

Voſtre tres - humble, &
tres-obeyſſant ſerui-
teur, BEYS.

Extraict du Priuilege du Roy.

PAR grace & Priuilege du Roy, en datte du 21 iour de Nouembre 1635. figné, Par le Roy en fon Confeil, DE MONCEAVX: Et feellé du grand Sceau de cire jaulne ; Il eft permis à Touffainct Quinet, Marchand Libraire à Paris, d'imprimer ou faire imprimer, vendre & diftribuer vn Liure intitulé, *Le Ialoux fans fujet*, *Tragi-comedie; Compofée par le Sieur de BEYS*, pendant le temps & efpace de fept ans entiers, à compter du iour qu'elle fera acheuce d'imprimer. Et deffenfes font faites à tous Imprimeurs, Libraires, & autres de quelque qualité & condition qu'ils foient, de l'imprimer, faire imprimer, vendre ny diftribuer, finon du confentement, & de ceux dudit expofant; à peine aux contreuenans de trois mille liures d'amende, confifcation des exemplaires, & de tous defpens, dommages & interefts, comme il appert efdites lettres de Priuilege, donnees le iour & an que deffus.

Acheué d'imprimer le 30. Nouembre 1635.

Les Exemplaires ont efté fournis.

LES ACTEVRS.

ALINDOR, Amoureux de Clarice.

ERACE,   Amoureux d'Arthemise.

BELANIRE, Amoureux d'Arthemise.

ARISTE,   Amy d'Alindor.

CLARICE,   Maiſtreſſe d'Alindor.

ARTHEMISE, Maiſtreſſe d'Erace.

PERSIDE,   Maiſtreſſe de Belanire.

BELINDE,   Confidente de Perſide.

ALCESTE,   Pere de Clarice.

LE

LE IALOVX
SANS SVIET.
TRAGI-COMEDIE.

ACTE PREMIER.

SCENE PREMIERE.

ALINDOR, BELANIRE.

ALINDOR.

Ependant tous tes soins ne tendent qu'à luy
    plaire,
Tu cheris sa douceur, & tu crains sa co-
    lere,
Et l'on ne voit que toy, le soir & le matin
Accuser à ses pieds ou loüer ton destin,
Tu voudrois aussi tost qu'vn riual s'en approche,
Qu'elle deuinst vn marbre, vne souche, vne roche,

                        A

De peur qu'elle tournast les yeux de son costé.

BELANIRE.

Tout cela d'apparence & rien de verité,

ALINDOR.

Elle croit toutefois que Belanire l'aime.
Tu peux bien sans aimer feindre vn amour extréme,
Esleuer sa beauté, descrire tes douleurs,
Et sans estre blessé, luy dire que tu meurs;
Mais tomber de respect, en adorant ses charmes,
Et de tes yeux ardents pousser vn peu de larmes,
D'vn visage enflammé, tesmoigner tes desirs,
Attirer vn helas ! & beaucoup de souspirs,
C'est ce que l'on ne peut, amy quoy que l'on feigne;
C'est vn sçauant discours que la nature enseigne,
Que l'on fait aisément sans l'auoir medité,
Et qui des plus subtils ne peut estre imité;
On n'a iamais appris cét art dans les escoles,
La langue & le palais ne font point ces paroles,
La nature en secret les forme dans le cœur.

BELANIRE.

A ton conte, Alindor, Clarice est mon vainqueur,

ALINDOR.

Il est vray,

BELANIRE.

Tu sçais mal, en faire accroire aux femmes,
On doit sur le visage auoir tousiours des flammes,

Quand mefmes on auroit des glaces dans le fein,
Dire qu'on eft malade alors qu'on eft bien fain,
Ainfi nous les deuons tromper par bien-feance,
Pour moy, cher Alindor, i'ay cette patience,
Et ie fçay l'art aufsi de leur faire des vœux,
De rire, de pleurer, de mourir quand ie veux.

ALINDOR.

I'admire, cher amy, ces belles connoiffances,

BELANIRE.

Ie fuis maiftre abfolu fur toutes mes puiffances,
A mon gré feulement ie gouuerne mes pleurs,
Et ie n'impute point leur honte à mes douleurs,
Sans mon confentement aucun foufpir ne monte,
Ie les tire moy mefme & les donne par conte.

ALINDOR.

Et moy dans ta douleur ie t'allois confoler,

BELANIRE.

Ce fexe nous apprend à bien difsimuler,
Il met pour cét effect tous les fards en vfage,
Contraint fes actions, & change fon vifage.
Celle-cy te cherit, & te fait vn affront,
L'autre a la haine au cœur, & l'amour fur le front,
L'vne prend de la grace à fe mettre en colere,
L'autre par fa triftefse, a deffein de nous plaire,
Se fert de fes foufpirs, ainfi que d'ornemens,
Et fe pare de pleurs comme de diamans,

Et moy pour me vanger, ie veux feindre de mesme,
Clarice à mon aduis peut croire que ie l'aime:
Mais la preuue qu'elle a de mon affection,
Se tire asseurément de sa presomption,
Elle en doit quelque part à ma longue industrie,
A mes feintes langueurs, mes transports, ma furie.

ALINDOR.

Apres tant d'actions d'vn amant langoureux
Belanire est flatteur, ou parfait amoureux,
Demeurer tout pensif bien long temps auprés d'elle
Et s'escrier en fin, ah! que tu m'es cruelle?
L'obliger à respondre, & se taire, & resuer,
Entrer mal en discours, ne pouuoir l'acheuer,
Ne treuuer que des pleurs pour son meilleur langage,
Serrer ses belles mains, & dessus le visage
Montrer le reste escrit en termes apparans,
Adiouster vn, ie meurs, auec des yeux mourans,
Les tenir arrestez, sur les siens sans rien dire,
Et d'vn signe de main la coniurer d'y lire,
Ce que par trop d'amour on a souuent celé,
Ce sont les actions de ce dissimulé,
Sers toy pour me tromper d'vn meilleur artifice.

BELANIRE.

Ie ressemble, Alindor, quand ie parle à Clarice,
A ceux dont le vaisseau brisé contre vn rocher,
A fait perdre les biens qu'ils venoient de chercher,

Tous les autres escüeils qu'ils ont en leur passage
Leur mettent dans l'esprit l'horreur de leur naufrage,
Ils souffrent deuant eux vne mesme douleur,
Qu'ils ont deuant celuy qui causa ce mal-heur:
Clarice me contraint de pleurer ma franchise,
Mais i'impute sa perte à la seule Arthemise;
C'est elle, cher amy, ce rocher, cét escueil,
L'vne cause mon mal, l'autre excite mon dueil.

ALINDOR.

Pourquoy vois tu Clarice, au lieu de ta maistresse;

BELANIRE.

Les doutes que tu fais augmentent ma tristesse,
Tu sçais que ce bon-heur ne me fut point permis
Depuis qu'elle eut aimé quelqu'vn de tes amis,
Arthemise aime Erace, & cette ame cruelle
Ne peut viure sans luy, ny luy viure sans elle;
S'il luy rend des deuoirs, elle n'en rend pas moins,
Toutes ses actions m'en sont de bons tesmoins.

ALINDOR.

Ne te trompes-tu point

BELANIRE.

La preuue en est aisée;
Vn iour qu'elle feignoit d'estre mal disposée
Presque sans y penser ie l'allay voir au lit,

A iij

Elle se destourna si tost qu'elle me vit :
Là i'accusay d'abord la nature innocente
De retenir ainsi sa beauté languissante,
Et dis que i'estois prest d'endurer le trespas
Pour vn mal que sans doute elle ne souffroit pas.
Apres auoir pleuré son mal & mon martire
Mon esprit me fournit mille contes à rire :
Mais quoy que ce iour là i'en fisse des meilleurs,
La cruelle qu'elle est auoit l'esprit ailleurs ;
Ie voyois aisément son discours se confondre,
Elle m'interrogeoit au lieu de me respondre,
Et souuent ses pensers la reduisoient au point
D'approuuer vn discours qu'elle n'escoutoit point ;
Elle baissoit les yeux en feignant de l'entendre,
Et sourde qu'elle estoit m'obligeoit de reprendre
Vn discours qu'à l'instant ie venois d'acheuer,
On eust dit que son mal l'eust fait ainsi résuer ;
Comme elle s'ennuyoit voicy venir Erace ;
Ah ! qu'elle eust bien voulu me chasser de ma place ;
Aussi tost qu'il parut, ce dueil s'esuanoüit,
Le front deuint serain, l'ame se resioüit ;
Ie vis ce qui l'auoit si long-temps attachée,
Et iugeay que deuant elle estoit empeschée,
A voir dans son esprit cét amant en pourtraict,
Qu'à present à ses yeux elle auoit en effect :
Elle ne cherchoit plus cette image inuisible,
Ses yeux estoient contens, & son esprit paisible :
Mais bien qu'elle forçast toutes ses actions

I'y lifois clairement fes inclinations:
Elle ne le voyoit qu'à deffein de luy plaire,
Et ne fe retournoit deuers moy qu'en colere,
Ses yeux eftoient cruels, & fon front abbatu:
A voir ces changemens, i'euffe dit qu'elle euft eu
Deux vifages diuers dans vne mefme face,
L'vn pour moy feulement, & l'autre pour Erace.

ALINDOR.

Belanire, tu crains Erace qui te craint,
Auffi bien que tu feins, affure toy qu'il feint:
Erace aime Clarice !

BELANIRE.

Erace aime Clarice.
Que ne luy fait-il donc des offres de feruice?
Que ne vient-il ioüir d'vn entretien fi doux?
Et comme il fait ailleurs pleurer à fes genoux.

ALINDOR.

Et pourquoy quitte tu l'entretien d'Arthemife?

BELANIRE.

I'y voy ce vray riual engager fa franchife,

ALINDOR.

Et luy quitte Clarice, à caufe qu'il t'y voit,

BELANIRE.

Mais ie ne l'aime pas.

ALINDOR.

Toutefois il le croit.

LE IALOVX

Il me dit franchement le soucy qui le touche,
Et i'ay sçeu depuis peu cét amour par sa bouche.
O Dieux! combien de fois m'a-t'il iuré sa foy ?
Qu'il n'en connoissoit point qu'il haist tant que toy,
Qu'vn amour apparent a causé de trauerses,
Et fait naistre en son cœur de passions diuerses.

BELANIRE.

Dois-ie croire Alindor, & seray-ie pas vain
De m'asseurer si tost d'vn bon-heur incertain:
Ne me flates tu point de vaines esperances.

ALINDOR.

Mais ie t'en veux donner de bonnes asseurances,
Des feintes ont causé tous vos soucis passez,
Et vous serez heureux, si vous vous connoissez;
Esloignez ces soupçons, poursuiuez cette affaire,
Vous possedez tous deux dequoy vous satisfaire.

BELANIRE.

Vit-on iamais amans plus estonnez que nous!
Ie ne suis point riual, qu'il ne soit point ialoux;
Ouy, ie suis resolu de contenter Erace,
Qu'il desdaigne Artemise, & qu'il prenne ma place;
Amy, declare luy cette paix promptement,
Ne me fais point languir,

ALINDOR.

Esperes seulement.

Ie perds

Ie perds en t'esloignant le sujet de ma crainte;
Mais ne feroit-il point vne seconde feinte :
C'est vn homme inconstant; Dieux! que dois-ie espe-
rer?
Le discours qu'il m'a fait m'en deuroit asseurer!
Qu'il n'aime point Clarice! ô Dieux est-il possible!
Puis qu'il l'a regardee, & puis qu'il est sensible :
Pleust au Ciel! Ie la voy :

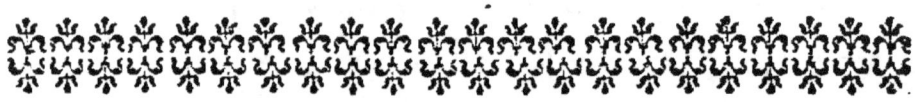

ACTE PREMIER.

SCENE II.

CLARICE, ALINDOR.

CLARICE.

'Est donc toy mon soucy,
N'ay-ie pas du bon-heur de te treuuer icy?
Ie croy certainement qu'vn bon demon nous meine,
Ie ne sors du logis qu'auec beaucoup de peine,
Et si toutes les fois que ie sors ie te voy :

ALINDOR.

C'est pour vous vn mal-heur, mais vn bon-heur pour
moy,

B

LE IALOVX

Que ie dois admirer, & dont ie me dois taire.

CLARICE.

Si tu ne fais icy ta demeure ordinaire,
Quelque Dieu t'aduertit lors que ie dois sortir,
Ou t'y conduit sans doute, & m'en vient aduertir.

ALINDOR.

Cette rencontre-cy vous doit estre importune,
N'en remerciez point l'amour ny la fortune :
Madame, ils sont pour vous d'aueugles conducteurs,
Pleurez l'esloignement d'vn de vos seruiteurs,
Si ses fideles soings sont dignes de vos larmes.

CLARICE.

Tu me donnes mon cœur de cruelles alarmes,
Ne me fay point icy de discours superflus,
Dis viste ce que c'est, ou bien ie ne vy plus ;
Tu ne me responds rien ! c'est en vain qu'on me cache,
Vn mal-heur que tousiours il faudra que ie sçache ;
Ne me le cele point ; & bien tu veux partir,
C'est pour ton bien peut-estre, il y faut consentir :
Parle donc si tu veux, ne me fay plus attendre.

ALINDOR.

Vous feignez d'approuuer vostre mal pour l'apprendre,
Vous ne le pouuez pas souffrir si constamment,
Vous vous en consolez vn peu trop promptement ;

Que fur vos paffions voftre ame a de puiffance,
Elle efteint vos douleurs, mefme dans leur naiffance,
L'efprit n'eft pas pluftoft affligé que content,
Et nous voyons fecher vos larmes en fortant;
Non, non, ie veux parler felon ma confcience,
Ie doute fort icy de voftre patience:
Mais ie vous veux pourtant tefmoigner mon deuoir:
Belanire, Madame, a ceffé de vous voir.

CLARICE.

Pour me faire mourir, il ne faut qu'ainfi feindre,
Que ces jeux font cruels, & ces plaifirs à craindre;
Que mon contentement me donne de douleur?
Et que mal-aifément ie fouffre mon bon-heur.
Belanire me hait! s'il eft ainfi ie l'aime:
Mais ne me trompe point; qui te l'a dit,

ALINDOR.

luy mefme.
Deuant-elle, dit-il, tous mes foufpirs font feints,
Et ie ris en moy-mefme, alors que ie me plains,
I'aime Arthemife enfin,

CLARICE.

ma haine eft bien plus forte,
Pour l'efloigner de moy, que l'amour qu'il luy porte:
Il me plaift bien pourtant, puifque ie luy defplais,
Cette diuifion nous donnera la paix:

B ij

Ie ne souffriray plus de la rigueur d'vn pere
Qui vouloit tous les iours me forcer de luy plaire,
Comme si nostre amour, cét aimable vainqueur
Se logeoit dans les yeux, & non pas dans le cœur :
Arthemise luy plaist! quand ie rentre en moy mesme!
Que nous importe-t'il s'il la hait, ou s'il l'aime ?
Arthemise aime Erace, & le mesprisera,
Belanire chassé sans doute m'aimera;
Son esprit inconstant de ce mal nous menace :

ALINDOR.

I'ay preueu ce danger, mon tout, i'ay feint qu'Erace
N'aimoit point Arthemise, & qu'il vous adoroit,
Aisément il a crû tout ce qu'il desiroit;
Qu'il quitte, m'a-t'il dit, cét obiect qu'il mesprise;
Qu'il vienne voir Clarice, & me laisse Arthemise,
Ie luy cede le lieu que ie ne puis tenir.

CLARICE.

Ie voy bien maintenant où vous voulez venir;

ALINDOR.

Erace apres cela peut feindre qu'il vous aime.

CLARICE.

C'est assez t'expliquer, ie l'auois crû de mesme;
Ceste feinte me plaist : mais tenons-y la main.

ALINDOR.

Faites donc qu' Arthemise approuue mon deſſein,
Allez-y de ce pas, ie voy venir Erace :
Il me ſatisfera, qu'elle vous ſatisfaſſe.

Clarice
entre
chez A
themiſ

ACTE PREMIER.

SCENE III.

ERACE, ALINDOR.

ERACE.

 *V parois d'vn viſage vn peu plus arreſté :*

ALINDOR.

Ie viens d'entretenir :

ERACE.

            Ie m'en ſuis bien douté;
Ie lis deſſus ton front ta ioye, ou ta triſteſſe,
Souffre donc qu'à mon tour i'aille voir ma Mai-
ſtreſſe;

                        B iij

Ne porte point d'enuie à mon contentement.

ALINDOR.

Ah ! que ne puis-ie ainsi parler ouuertement ?
Pourquoy n'osay-ie pas faire l'amour de mesme :

ERACE.

Mais tu te plains à tort, on te recherche, on t'aime.

ALINDOR.

On me recherche, on m'aime, il le faut accorder :
Mais ie ne sçaurois voir & ne puis posseder
Cét auare vieillard me tient dans la contrainte ,
Nostre entretien secret dure moins que ma crainte ;
Si ie la veux baiser, cette peur me retient,
Il semble que ie vole vn bien qui m'appartient ;
Ie tombe à son abord dans la melancholie,
Mon courage se glace & ma langue se lie,
A voir mon corps tremblant, mon visage blesmy,
On diroit que ie suis deuant mon ennemy :
Plus mon bien m'est plaisant , plus ma peur m'est
　　cruelle ;
Car mon bien est pour moy, mais ma peur est pour elle.

ERACE.

Comme ie m'imagine , apprenant ton soucy,
La peine que i'aurois , si ie viuois ainsi :

Ie te plains, Alindor,

ALINDOR.

si tu cheris ta Dame;
Ou si comme il paroist tu m'aimes en ton ame,
Par ton amour Erace, ou par ton amitié,
Permets à ma douleur d'esmouuoir ta pitié;
Dans l'estat où ie suis contente mon enuie,
Et tu m'obligeras bien plus que de la vie,
Si tu me fais ioüir de l'obiect qui me plaist.

ERACE.

Ne me retiens donc plus, & me dis ce que c'est,
Si ie t'y puis seruir

ALINDOR.

ie m'en vay te le dire.
Maintenant en ce lieu i'ay sceu de Belanire
Qu'il aimoit Arthemise.

ERACE.

Ah! i'ay donc vn riual,

ALINDOR.

Et qui m'a bien donné de la peur & du mal;
M'ayant dit qu'il n'osoit s'introduire chez elle,
Sçachant que tu l'aimois, qu'elle t'estoit fidelle,
Que vous faisiez l'amour de trop bonne façon,
Pour priuer son esprit de ce iuste soupçon;

I'ay feint que ton amour n'eſtoit qu'vn artifice ;
Que ton cœur dés long temps n'adoroit que Clarice :
Mais que tu n'oſois pas luy dire ton ennuy,
Pource que tu croyois qu'elle n'aimaſt que luy ;
Qu'ainſi vous vous trompiez tous deux à l'apparence,
Enfin il m'a quitté tout remply d'eſperance.

ERACE.

Tu pourrois bien ailleurs enuoyer tes riuaux,
Et ſur tes ennemis faire tomber ces maux ;
Acheue cependant d'eſprouuer ma franchiſe.

ALINDOR.

Tu feindras auiourd'huy de quitter Arthemiſe,
Et rechercher Clarice à cauſe de ton bien,
Le pere ſouffrira voſtre libre entretien ;
Là tu l'aſſeureras d'vn ſeruice fidelle ;
Elle ſçait mon deſſein, tu ſeras receu d'elle,
Et tu m'y meneras comme ton confident,
Arthemiſe tiendra ce riual cependant,
Et l'en deſtournera par ſa feinte careſſe :

ERACE.

Mais ſi durant ce temps ie perdois ma maiſtreſſe,
Me voudra-t'elle bien permettre de ſortir,

ALINDOR.

Clarice eſt aupres d'elle, & l'y fait conſentir ;

ERACE.

ERACE.

Pourueu qu'elle y consente, amy, ie le desire,
Va-t'en donc de ce pas aduertir Belanire
Que ie quitte ce lieu, qu'il le vienne occuper.

ALINDOR.

I'y cours,

ERACE.

   en le trompant, ie me puis bien tromper,
A quelle extremité me reduisent tes plaintes?
Pernicieux amy, possible que tes feintes,
S'en vont en t'obligeant, causer vn vray mal-heur,
Que ton contentement depend de ma douleur,
Et que tu veux fonder ton bien sur ma ruine?
Mais à tort contre luy mon courage s'obstine;
L'estat où ie le vois, est digne de pitié,
Et i'offence à la fois l'amour & l'amitié;
Par ce soupçon mon ame est deux fois criminelle,
Car Alindor est iuste, Arthemise fidelle.

C

ACTE PREMIER.

SENE IV.

CLARICE, ARTHEMISE, ERACE.

CLARICE.

E voila,

ARTHEMISE.

vostre affaire a troublé ses esprits,
Il n'y faut plus penser;

ERACE.

ah vous m'auez surpris!

ARTHEMISE.

Ne t'en afflige point , Erace prend courage,
Et montre en les seruant auec vn bon visage,
Que nostre amour n'a point son fondement en l'air,
Mais que c'est vn rocher qu'on ne peut esbranler,
Que sur luy les soupçons n'ont aucune puissance,
Et qu'au lieu de se perdre, il s'accroist par l'absence

CLARICE à Arthemise.

Les deffauts que ses yeux verront de mon costé,
Luy feront mieux aimer ce qu'il aura quitté,

Et par ainsi l'absence auguementera sa flamme

ARTHEMISE à Clarice.

Ie n'ay point de beauté qui captiue son ame,
Et l'empesche d'en prendre vne autre au lieu de moy;
Et vous le gagneriez, si ce n'est que sa foy
L'oblige à me cherir, quoy que ie sois absente.

ERACE à Arthemise.

Nostre amour est puissant, mais Clarice est puissante,
Madame en la voyant, vous le pouuez iuger,
Et si vous m'aimez bien, vous craindrez ce danger,
Au reste ie resiste à la premiere amorce,
Mais ie vous aduertis que ie cede à la force.

ARTHEMISE.

Erace, bien souuent on raille sans mentir,
Ne crains point ce danger, ie t'en vay garantir,
Ie vous veux à tous deux donner des loix escrites,
Reigler vos entretiens, limiter vos visites
Vous montrer de quels yeux vous vous regarderez,
Et vous dicter enfin tout ce que vous direz;
Ne vous voyez iamais que d'vn mauuais visage,
Pour vous haïr tous deux mettez tout en vsage;
Toy, conduis Alindor, & retire tes pas
Trompe ce pere auare, & ne me trompe pas.

CLARICE à Arthemise.

Vostre ame de la peur doit bien estre guerie,
Vous reconnoistriez bien tost sa tromperie,

Alindor y sera, qui nous verra de pres
Il y va du plus grand de tous ses interests

ERACE à Arthemise.

Mais vous gardez les loix que vous voulez prescrire,
Vous serez sans tesmoins aupres de Belanire,
Et vous pourrez ainsi faillir impunément,
Voyez-le de trauers, traittez-le froidement,
Comme vous desirez que Clarice me traitte.

CLARICE à Arthemise.

Au contraire, chez nous il feroit sa retraite
S'il se trouuoit encor plus mal aupres de vous,
Si vous ne luy montrez vn visage plus doux
Ie vay cherir Erace autant qu'Alindor mesm
Si vous aimez, ie hay; si vous haïssez i'aime:

ARTHEMISE.

Allez, ie vous promets d'y faire mes efforts:

ERACE.

Ie ne trouue que moy qui perde à ces accords;
On me promet icy pour loyer de ma peine,
Vn riual, des froideurs, des mespris, de la haine:
Erace ne veut point se donner pour si peu.

CLARICE.

C'est trop railler, allons, commençons nostre ieu.

ERACE.

Mais vous serez Madame, vn peu plus liberalle;

CLARICE.

Ne parlez pas si haut. ADieu donc ma riualle

ARTHEMISE.

Que fera-ton ailleurs, si l'on rit en ce lieu:
Ne vous pressez pas tant

ERACE.

Adieu Madame,

ARTHEMISE.

Adieu.

Cla
auec
ce e
che

Art
mise
de
logi

C iij

ACTE SECOND.

SCENE PREMIERE.

ALINDOR, ERACE sortant de chez Clarice.

ALINDOR.

*Ve tu m'as obligé!*

ERACE.

    Que veux-tu dauantage?
Peut-on mieux que i'ay fait, ioüer ce personnage?

ALINDOR.

Qu'auec impatience il attend ton retour?

ERACE.

L'auare! croit-il pas que ie luy fais l'amour;

ALINDOR.

Il le croit: mais enfin il a trouué son maistre,
Il enseigne à tromper, alors qu'il craint de l'estre;
Ah! qu'il estoit content de nous entretenir,
S'il ne se meurt de ioye, il s'en va raieunir,

Ie ne doy pas pourtant l'entretien de Clarice,
A tes rares vertus, mais à son auarice,
Si i'auois moins que toy de merite & plus d'or,
Il aimeroit bien moins Erace qu'Alindor.

ERACE.

Mais tu n'as point encor admiré mon adresse;
Qui t'a fait si long-temps parler à ta maistresse.

ALINDOR.

Comment as-tu donc fait; ie te dois auoüer,
Que ie ne sçaurois pas assez bien te loüer.

ERACE.

Comme ie luy vantois l'honneur de sa famille,
Sa charge, ses vertus la douceur de sa fille,
La parfaite amitié que depuis si long-temps
On auoit reconnuë entre tous nos parens,
Sa veuë estoit sur moy fixement arrestée;
Moy iugeant de plaisir son ame transportée,
I'ay transporté son corps presque insensiblement
Si bien qu'ayant perdu son premier iugement,
Il a laisse Clarice auec toy dans la sale.

ALINDOR.

On ne me fit iamais vne faueur egale.

ERACE.

Ne dissimule point, Alindor, ie le croy;
Mais dedans le iardin i'ay bien souffert pour toy.

Ah! qu'il m'a tourmenté ; son humeur importune
M'a bien fait accuser ma mauuaise fortune:
Il m'a dit comme on seme & comme il faut planter
Les arbres qu'il arrache,& ceux qu'il fait anter:
Que son parterre, en fleurs, n'estoit pas bien fertille,
Mais qu'il faisoit ceder l'agreable à l'vtile,
Que par les fruits le goust & les yeux sont contens:
Apres il s'est ietté sur le luxe du temps,
A nommé le passé le siecle d'innocence,
Où le vice n'auoit ny credit, ny puissance,
Où la seule vertu regnoit absolument,
Où les hommes entr'eux viuoient paisiblement,
Bref où l'ambition, l'inimitié, l'enuie
Ne troubloient point le cours d'vne innocente vie.

A L I N D O R.

Il t'a depeint son temps comme le siecle d'or
Que les Poetes ont fait

E R A C E.

plus innocent encor.

A L I N D O R.

Ce temps ne reuient point dans sa triste pensée
Qu'il n'y meine auec luy sa volupté passee,
Et blasme celuy-cy qui le rend mal-heureux ;
De mesme nous voyons qu'vn parfait amoureux
Se plaist à regarder la porte ou la fenestre,
Où souuent il a vû sa Maistresse paraistre,

Le luth

Le luth qu'elle touchoit auec rauiſſement
Tout ce qui luy ſeruoit de diuertiſſement,
Et contente en ſongeant à ces rares merueilles,
Sans voir & ſans ouïr, ſes yeux & ſes oreilles:
Mais pour noſtre vieillard il blaſme le preſent,
Il n'y rencontre rien qui ne ſoit deſplaiſant,
Comme de iour en iour tous ſes ſens ſe corrompent,
Le beau luy ſemble laid, tous les obiects le trompent;
Il voit nos paſſe-temps d'vn eſprit affligé,
Et croit que nous changeons, mais luy ſeul eſt changé:
Ie n'altereray point ce ſeruice incroyable,
A deſſein de pareſtre vn peu moins redeüable:
Ie penſe, cher amy, qu'en ce faſcheux diſcours
Les plus heureux momens t'ont paſſé pour des iours,
Et que ton deſplaiſir a ſurmonté ma ioye.

E R A C E.

Changeons d'opinion : Ie veux qu'Alindor croye,
Et que Clarice auſſi tienne pour aſſuré
Que pour moy ſon diſcours n'a pas aſſez duré;
Que ie le prolongeois pour prolonger ton aiſe;
Mais il me deſplaiſt bien, pourueu qu'il te deſplaiſe.

A L I N D O R.

Ie voudrois : que ſert-il de plaindre ton ennuy?

E R A C E.

Eſtre encor auec elle & me voir auec luy.

D

ALINDOR.

Il est vray : mais pardonne à mon amour extreme,
Elle en diroit autant, si ie l'aime elle m'aime,
Sa voix m'auoit desia son amour declaré,
Mais elle m'en a bien maintenant assuré,
Ses yeux ses actions, ses pleurs & son langage
M'en viennent de donner vn parfait tesmoignage;
L'agreable entretien ! les doux rauissemens!
Les aimables transports qui passent en tourmens:
Pour les depeindre bien, que te pourrois-ie dire?
I'oubliois Arthemise, Alceste, Belanire,
Et ne me souuenois en ce plaisant soucy,
De Clarice, de toy, ny de moy mesme aussi.
La ioye auoit fermé le chemin à ma plainte,
Auec mon iugement i'auois laissé ma crainte;
Et l'on pouuoit bien dire à nous voir languissans,
Que c'est vn grand plaisir de perdre ainsi les sens.

ERACE.

Si le pere auec moy fust rentré dauanture,
Et qu'il vous eust trouuez auec cette posture,
Ie pense qu'il vous eut agitez plaisamment
Pour vous faire sortir de ce rauissement.

ALINDOR.

Sans doute il nous eut pris pour des personnes mortes,
De vray ie n'eus iamais de passions plus fortes.

Et i'eusse pris pour fable vn transport si puissant.
Nous n'auions iamais pû nous parler qu'en passant,
Elle autant pour la peur qu'elle auoit de son père,
Que moy pour le desir que i'auois de luy plaire :
Quand ie la rencontrois, approchant son mouchoir
Ou ses gans de sa bouche, ou bien les laissant choir,
Afin que ie les prisse & m'approchasse d'elle,
Elle disoit tout bas ; sois moy tousiours fidelle.
Tantost ie t'aime bien, & tantost aime moy ;
Ainsi ie receuois des gages de sa foy ;
Encore de plaisir mon ame estoit pressée,
Ie repassois tousiours ces mots dans ma pensée,
Et voulant luy montrer mon amour par escrit,
I'escriuois en resuant ce qu'elle m'auoit dit,
Si bien qu'en mille lieux, reuenant en moy mesme,
Ie lisois, sois fidelle, aime moy bien, ie t'aime.

ERACE.

Puisqu'vn mot seulement autrefois te surprit
Tu dois bien te resoudre à perdre ton esprit,
Vne heure d'entretien que t'a permis ta Dame
Te fournit des pensers qui troubleront ton ame.

ALINDOR.

Si ie puis mesnager ces pensers amoureux,
Ie dois bien esperer d'estre tousiours heureux ;
Ie veux que mon esprit dispose tous ses charmes
Ie luy donne vne nuit pour songer à ses larmes,

Vne pour ses baisers, vne pour ses souspirs,
Autant pour son espoir, autant pour ses desirs.
Ie veux estre deux iours muet & solitaire,
Pour bien imaginer sa façon de se taire;
Ce silence amoureux, ce parfait entretien,
Ce langage des yeux que l'on entend si bien:
Erace encore vn mot, oblige moy de grace,
Ne me refuse point.

E R A C E.

Que veux tu que ie fasse?

A L I N D O R.

Ie medite des vers, où par des mots pressans
Ie luy veux tesmoigner l'aise que ie ressens,
D'vn bon-heur que ie croy n'estre qu'imaginaire:
Mais de peur que tombans entre les mains du pere,
Ils ne puissent donner quelque soupçon de nous
R'escris-les, ie te prie, & mets ton nom dessous;

E R A C E.

Ie l'auray bien tost fait,

A L I N D O R.

i'apperçoy Belanire.

E R A C E.

Va composer tes vers & me laisse vn peu rire.

ACTE SECOND.

SCENE II.

BELANIRE, ERACE.

BELANIRE, sortant de chez Arthemise, luy parle à la
porte, sans qu'elle paroisse.

Adame, *les effets vous prouueront ma foy,*
Fut-il iamais amant plus estonné que moy.

ERACE.

Il pense la tenir

BELANIRE.

O faueur sans pareille.

ERACE.

Il ne sçait, ie m'assure, ou s'il dort, ou s'il veille.
Dieux, qu'il est satisfait!

BELANIRE.

Amour, ah! ie me rends,
Ne me sois pas si doux:

ERACE.

En fin ie vous y prends;

D iij

Cmment ? vous ne pouuez abandonner la porte

BELANIRE.

Qu'on me vient d'obliger!

ERACE.

Quel plaisir vous transporte?

BELANIRE.

Le plus grand que sçauroit esperer vn amant,
En puissiez vous auoir la moitié seulement:

ERACE.

Vous m'obligez beaucoup:

BELANIRE.

Mais Clarice est cruelle,
Deuant que de l'auoir, il faut bien souffrir d'elle,
Esperez toutefois, ne manquez point de cœur,
Et ne vous plaignez pas si tost de sa rigueur.

ERACE.

Ne vous fiez pas tant aux faueurs d'Arthemise,
Elle en traitte beaucoup auec mesme franchise,
Elle nous rit à tous, & n'en aime pas vn,
Enfin sa bonne mine, est vn bien fort commun;

BELANIRE.

Ce sont là des mespris qu'vn changement apporte,
Elle n'en traitte pas encore vn de la sorte:

ERACE.

J'ignore assurément vos plaisirs familiers;
Est-ce quelque promesse elle en donne à miliers,
De peur d'estre trompez par des faueurs pareilles,
Ses plus parfaits amans se bouchent les oreilles;
Est-ce quelque baiser, quelque trait de ses yeux,
Vous n'auez point encor pour cela d'enuieux,
D'autant que ce bon-heur passe vostre espérance,
Vous l'estimez bien grand; il a quelque apparence;
Mais

BELANIRE.

Qu'est-ce à dire mais ? Et que voudriez vous

ERACE.

Que vos ardents baisers, luy semblassent plus doux;
Mais en les receuant on la voit moins contente,
Qu'en receuant ses gans des mains de sa suiuante.
Vous touchez vn pourtrait qui n'a point de chaleur,
Du marbre changeroit mieux qu'elle de couleur,
Et beaucoup de baisers l'eschaufferoient possible,

BELANIRE.

Pour moy sans me flatter ie la trouue sensible.

ERACE.

Ie veux auec la bouche approcher les desirs,
Que l'ame des amans assiste à ces plaisirs.

BELANIRE.

Erace vos baisers ont beaucoup d'artifice,
Vous n'en trouuerez pas de pareils chez Clarice.

ERACE.

N'importe, i'aime mieux qu'on ne me donne rien,
Qu'au lieu d'vn veritable, on me donne vn faux bien,
Clarice toutefois en est desia touchee;

BELANIRE.

Clarice asseurément, a quelque amour cachée:

ERACE.

Cela prouue qu'elle est susceptible d'amour,
Et que ie pourrois bien la gagner quelque iour.

BELANIRE.

Erace, dés long-temps vn autre obiet l'enflamme,
Vous aurez bien du mal d'en diuertir son ame,
En vain pour l'esmouuoir i'ay fait tous mes efforts.

ERACE.

C'estoit peut-estre à moy qu'elle songeoit alors;

BELANIRE.
Ie ne le pense pas,

ERACE.

　　　　　en tous cas la victoire
Qui donne plus de peine, apporte plus de gloire,

　　　　　　　　　　　　　Il faudra

Il faudra surmonter cét amant inconnu;

BELANIRE.

Encor, qu'auez vous fait, estes vous bien venu?

ERACE.

Que sert-il de flatter i'auray ce que i'espere;
Ie viens de receuoir mille faueurs du pere.

BELANIRE.

Ah! ie n'en doute point. Mais d'elle,

ERACE.

tout autant

BELANIRE.

Vous estes satisfait, & moy ie suis contant,
Obeïssons aux loix où nostre amour nous range.

ERACE.

On ne me verra point repentir de ce change;

BELANIRE.

Ny moy, fidelle autheur de mon contentement.

ERACE.

Ie ne merite pas vn si beau compliment:

BELANIRE.

Puisse-tu sur Clarice emporter la victoire:

E

ERACE.

ſort Et toy ſur Arthemiſe. On t'en fait bien accroire.

BELANIRE.

O le plus abuſé de tous les amoureux !
Le plus content à voir, & le plus mal-heureux ;
S'eſloigner d'Arthemiſe ! il ſemble qu'il le faſſe
A deſſein ſeulement de me ceder ſa place ;
Elle eſt belle, l'aimoit ; & luy tourne ſes pas
Vers vne qui vaut moins, & qui ne l'aime pas.
Maintenant que mon bien paſſe mon eſperance,
Que i'ay de ſa durée vne ferme aſſurance,
Qu'Arthemiſe m'adore, & que mes enuieux
Pour ne me voir ſi haut, n'oſent leuer les yeux ;
Bien que ta haine, Erace, eſleue ma fortune,
Ta haine toutefois me choque & m'importune,
Ton change en meſme temps, & me nuit & me ſert,
Quand ie gaigne des vœus Arthemiſe les perd ;
Ie voudrois que touſiours elle accrûſt ſa puiſſance,
Et triomphaſt encor de ton obeïſſance ;
Ie voudrois que chacun luy dreſſaſt des autels,
Qu'elle euſt entre ſes mains tous les cœurs des mortels ;
Que par toute la terre elle fuſt ſouueraine ;
Qu'elle euſt mis tous les Dieux, & les Rois à la chaiſne ;
Qu'ils euſſent à meſpris tous les autres obiets,
Les voir tous mes riuaux, les voir tous ſes ſujets.

ACTE SECOND.

SCENE III.

CLARICE, BELANIRE.

CLARICE.

Ve ie viens à propos ; mettons noſtre induſtrie
A me rendre odieuſes arreſte ie te prie,
Ne me fuy pas ſi toſt, eſcoute mon tourment,
Regarde moy mourir.

BELANIRE.

Le plaiſant changement ;

CLARICE.

Attends encor vn peu, ie n'ay plus guere à viure,

BELANIRE.

Me fuir quand ie vous ſuy ; quand ie vous fuy me ſui-
ure,
Ce ſont des actions que ie ne connois point,

CLARICE.

L'excez de mon amour m'a reduit à ce point ;
Iamais ce triſte cœur n'a manqué de conſtance,
Mes pieds ſeuls ont failly, mais il fait penitence,

Te voyant autrefois, ie fuyois à deſſein
De m'eſchapper d'vn trait, & ie l'auois au ſein,
En penſant fuir mon mal, i'en fuyois le remede
Et i'euitois celuy qui me bleſſe, & qui m'aide:
Mais ayant reſſenty depuis que tu me fuis
Le mal que ie craignois, barbare ie te ſuis,
Et dis ſecrettement en ma triſte penſée,
Qu'alors que ie fuyois, i'eſtois deſia bleſſée.

BELANIRE.

Que vous ſeruoit alors de tant diſſimuler,
Voſtre viſage au moins deuoit vn peu parler.
Touſiours ſur noſtre front nos mouuemens s'expri-
    ment.
Ils ont chacun à part des traits qu'ils nous impriment:
La colere & l'amour font autrement les yeux,
Celuy-cy les fait doux, & l'autre furieux.
Pour moy , i'ay touſiours vû d'vne apparence claire
Des images en vous de haine & decolere.
Iuger que vous m'aimez pour me voir de trauers
C'eſt croire imprudemment que tout eſt à l'enuers,
Que la poltronnerie à la valeur reſſemble;
Qu'vn timide s'eſchauffe & qu'vn genereux tremble;
Moy qui ne ſçaurois pas lire dans voſtre eſprit,
Ie lis ce que ie voy ſur voſtre front eſcrit;
Celuy qui ſeul entend nos paroles muettes;
Qui voit dans noſtre cœur nos actions ſecrettes,
Donne à nos paſſions de differents reſſorts
Qui les font aiſément reconnoiſtre au dehors.

CLARICE.

Belanire il est vray, i'approuue bien ta plainte;
Mais si dessus mon front la colere estoit peinte,
C'estoit contre moy mesme & contre cét amour
Que ie sentois en moy s'accroistre chaque iour,
Et le moyen d'aimer vn tyran qui nous blesse,
Ie loüois ton pouuoir, ie blasmois ma foiblesse;
I'en voulois à moy seule, & s'en falut bien peu
Que mon cœur transporté, ne descouurist son feu;
Et que ie ne sinisse en finissant ma peine
Ce rigoureux combat, & d'amour & de hayne.

BELANIRE.

Que dois-ie faire icy ? ce discours m'a touché.

CLARICE.

Il me croit ! par l'amour que ie tenois caché,
Par mes fers, par mes feux, & par ce long silence,
Qui retenoit ma voix auecque violence;
Si la priere encor a sur toy du pouuoir,
Ne perds pas tout à fait le dessein de me voir.

BELANIRE.
Ie cede à son amour:

CLARICE.

     Quoy tu doutes encore?

Tien, voicy le poinçon:

BELANIRE.

    Bel obiet que i'adore,
Vostre mort me rendroit indigne depardon.

          E iij

LE IALOVX

CLARICE.

Abusé, pense tu que ce soit tout de bon;
Laisse moy, ma fureur est vn peu refroidie;
Nous ne ferons point voir icy de tragedie,
Nous n'imiterons point ces courageux amans,
Dont nostre fantaisie a basty des romans;
Croy tu point estre au temps de ces metamorphoses,
Que mon sang respandu fasse naistre des roses;
Et pour auoir finy moy-mesme mon mal-heur,
Que ie deuienne vn tronc, vn rocher, vne fleur;
M'offrir en m'embrassant son secours fauorable!
Me retenir la main! Dieux qu'il est secourable!
Se laisser doucement esmouuoir à pitié,
Apres tant de mespris auoir de l'amitié;
Bons Dieux quelle faueur? sans cela i'estois morte:
As tu bien fait mourir des filles de ma sorte!
Meurtrier amoureux, si l'on suit mes conseils
On doit en iugement condamner tes pareils;
Et pour les bien punir, les priuer de la veuë,
Puisque c'est le tyran qui nous charme & nous tuë.

BELANIRE.

Indiscrete, qui crois m'auoir fort offencé,
Tes yeux seront absous, ils n'ont iamais blessé;
Ces tyrans n'ont point mis d'amans à la torture,
Et s'ils ont du defaut il vient de la nature,
S'ils nuisent c'est à toy comme à tes autres sens,
Et s'ils n'estoient lascifs ils seroient innocens.

CLARICE.

Au moins, beau meurtrier, contente mon enuie,
Ne te vas point vanter que ie te dois la vie.

BELANIRE.

Insolente,

CLARICE.

à la fin tout succede à mes vœux,
Et voila iustement l'estat où ie le vœux.

ACTE TROISIESME.

SCENE PREMIERE.

ALINDOR, ARISTE.

ALINDOR.

Riste, assure toy sur mon experience,
Erace me trahit; & ny ma confiance,
Qui le doit obliger à se porter pour moy,
Ny ma fidelité, ny ses vœux ny sa foy,
Ny mon extreme amour, ny celle de Clarice,
Ny son affection de qui mon long seruice
Auoit tousiours esté le plus ferme soustien
Ne sçauroit destourner ses desirs de mon bien;
Il fait tout ce qu'il peut pour se rendre agreable;
Et me rendre odieux,

ARISTE.

il n'est pas incroyable:
Mais, de grace Alindor, pratiquez ces leçons,
Regardez de bien prés à vos ialoux soupçons,
Examinez vous bien vous mesme en conscience,
Et pesez les raisons de vostre deffiance,

Pour

Pour ne vous point flatter, ce lasche mouuement,
Souuent n'a point de cause & naist en vn moment;
Un cœur bien genereux n'en est guere capable,
Et souuent l'esprit seul de ce mal est coupable,
Dans cette passion chacun le veut flatter,
Il cherche des moyens, afin de l'irriter,
Et pourueu que son ame en soit bien possedée,
S'il n'en trouue en effet il en trouue en idée:
Nous le voyons luy mesme, à luy mesme trompeur,
Il se fait des sujets & de haine & de peur,
Il compose en veillant des songes detestables,
Et les veut par apres prendre pour veritables.
Il s'offence de tout, il tient tout pour suspect,
Il prend en mesme part l'iniure & le respect,
Il craint la modestie, a peur de l'insolence,
Et le discours le blesse autant que le silence.

ALINDOR.

Ie blasmerois l'aduis de mille curieux,
Mais ie dois croire icy le rapport de mes yeux:
Ie tien de ces tesmoins de fermes connoissances,
Et si quelque Demon n'a troublé mes puissances,
Ou changé leurs obiets en obiets rigoureux;
Erace est infidelle, & ie suis mal-heureux,
Dire que mon esprit s'est causé ce supplice,
Ma peur ne m'a point fait soupçonner sa malice:
Mais plustost sa malice est cause de ma peur,
Tu penses que ce soit vn songe, vne vapeur,

F

Que ie ne trouue point de raisons à ma crainte,
Et que sa perfidie & ma peine soit feinte?
Voila bien raisonner! ay-ie craint iusqu'icy?
Son entretien secret m'a-til mis en soucy?
Ne l'ay-ie pas conduit aupres de ma maistresse?
N'ay-ie pas approuué ses pleurs & sa caresse?
Ne l'ay-ie pas prié de la voir tout le iour?
Et deuant le vieillard luy feindre de l'amour,
Pour fruster mon riual & m'oster du naufrage?
Et feignant de m'ayder le perfide m'outrage,
Et moy qui le croyois sans malice & sans fard,
Ie loüois son adresse à tromper ce vieillard,
Et disois l'embrassant, ô la subtile feinte!
Ce que tu fais icy tu le fais sans contrainte,
Quoy qu'on ayme on ne peut si bien faire l'amant,
Le traistre le faisoit bien naturellement.

ARISTE.

Moy ie trouue qu'Erace a fait dans cette affaire,
Ce qu'on luy commandoit, & ce qu'il deuoit faire:
Il a baisé Clarice, a loüé ses appas,
A pleuré, souspiré, ne l'en priez vous pas?
Si vous n'auez mieux veu ce qu'il a dedans l'ame,
Iusqu'icy ce trompeur n'est point digne de blasme.

ALINDOR.

Crois tu que ce soit là toute la verité?
Ie faisois trop d'estat de sa fidelité

Pour fonder mes soupçons dessus ces apparences,
I'ay de sa lascheté bien d'autres asseurances;
Il n'a peu deuant moy vaincre sa passion,
Et i'ay veu ses desseins dedans son action;
Estant auec Clarice il taschoit de luy plaire,
Et faisoit deuant moy comme deuant le pere,
La prioit, la baisoit, & souspiroit aussi;
Ie disois à part moy, qui trompe-t'il icy?
Il s'exerce peut-estre, il en fait son estude,
Oubien il a tourné la feinte en habitude;
Il a vû tant de fois Clarice comme amant
Qu'il ne peut s'empescher de feindre ce tourment,
Son esprit s'accoustume à loüer cette belle,
Tantost il se leuoit, me laissoit aupres d'elle,
Se promenoit vn peu comme espris de fureur,
Et tantost s'arrestoit tout triste & tout resueur,
Vn mot que ie disois, vn ris à l'auanture
Luy changeoit aussi tost sa mine & sa posture;
Ie croyois la baisant, & voyant son maintien,
Qu'il m'alloit arr   & dire ; C'est mon bien:
Lors que nous estions seuls dedans la confidence,
Il mettoit tous ses soins & toute sa prudence
Pour me persuader qu'il falloit m'absenter,
Que la mine à la fin pourroit bien s'euanter,
Que Clarice faisoit bien mal l'indifferente,
Et que ma passion estoit trop apparente,
Qu'vn vieillard est craintif, defflant, curieux,
Et que rien n'est caché, tout suspect à ses yeux,

Qu'il croit tout ce qu'il craint ; & qu'il estoit en peine,
Ayant eu depuis peu quelque preuue certaine,
Que le pere craintif se doutoit de ce fait,
Que souuent en passant il donnoit quelque trait
Qui regardoit Clarice, & nostre connoissance,
Enfin tout son discours tendoit à mon absence,
Pour oster au vieillard tout sujet de soupçon,
Il a rescry pour moy ces vers de ma façon;
Que ie veux maintenant presenter à Clarice:
Mais pour tirer de luy ce facile seruice,
O Dieux ! combien de fois l'ay-ie en vain supplié?
Il me disoit tousiours qu'il l'auoit oublié,
Et feignant là dessus certaine negligence,
Blasmoit couuertement ma vaine diligence;
Que c'estoit peu; mais c'est que le traistre en effet
Croit estre mal-heureux quand ie suis satisfait:
Ce qui me sert luy nuit; que veux-tu dauantage?

ARISTE.

Vn ialoux tire tout à son desauantage
Vous estes inuentif pour vous causer du mal,
Peut-estre d'vn amy vous faites vn riual,
Et voulez qu'vn bien-fait passe pour vn outrage,
Toutes ces actions ont vn double visage,
Vous prenez le mauuais comme le plus certain:

ALINDOR.

Retire toy d'icy tu me parles en vain.

ARISTE.

Vous ne meritez pas, Alindor, qu'on vous ayde;
Celuy qui veut perir doit perir sans remede.

ALINDOR.

O Dieux! vit-on iamais vn siecle plus maudit,
L'vn de mes confidens me trompe, & l'autre en rit,
L'vn a l'ame perfide, & l'autre l'a cruelle,
L'vn est impitoyable, & l'autre est infidelle,
Qui me retirera du danger qui me suit
Si le meilleur amy que i'employois me nuit,
Et me veut destourner du bon-heur où i'aspire,
Ie m'en estois seruy pour chasser Belanire,
Et le traistre me chasse apres l'auoir chassé.
Helas! à mon mal-heur, ie l'ay bien caressé.
Bons Dieux par quels moyens le pourray-ie deffaire?
Qui voudra m'obliger dans ce pressant affaire?
Quel conseil prendras-tu debile iugement.
Dont les desseins ont eu ce triste euenement?
Iray-ie de ce pas crier contre ce traistre,
Et blasmer son amour? c'est bien là pour l'accroistre;
Le diray-ie à Clarice? afin que sa froideur
Luy fasse detester cette brutale ardeur;
Le traistre apres cela ne pourroit plus se taire,
Il nous perdroit tous deux, il diroit tout au pere:
Seruons nous d'Arthemise, employons ses attraits;
Qu'elle tire en ce lieu les plus doux de ses traits;

S'il n'en est point émeu, qu'elle adiouste à ses charmes
Les plaintes, les souspirs, les prieres, les larmes,
Si la cruauté nuit, employons la douceur,
Faisons. Mais ie la voy qui vient auec sa sœur.

ACTE TROISIESME.

SCÉNE II.

ARTHEMISE, PERSIDE, ALINDOR.

ARTHEMISE.

the-
se &
rside
rtée de
r logis

MA sœur, ie ne sçaurois souspirer si ie n'aime,
Ie ne veux plus le voir, entretiens-le toy-mesme
Endure vn peu d'ennuy pour mon contente-
ment,
Dis que ie suis sortie:

PERSIDE.

ô doux commandement!

lle
ntre

Dont ie tire auiourd'huy ma meilleure fortune.

ARTHEMISE.

Souffriray-ie tousiours ta visite importune,
Ne puis-ie me tirer de ce fascheux tourment?
Alindor vient icy

ALINDOR.

parlons luy froidement.

ARTHEMISE.

Enfin voſtre riual commence à me deſplaire,
Ie ne le ſçaurois plus endurer & me taire.
Il m'importune trop

ALINDOR.

ie n'en ſuis plus ialoux.

ARTHEMISE.

Encor (mais ſans me voir) il vient d'entrer chez nous,
A l'heure que i'eſtois dans la cour occupée,
Ie l'ay laiſsé monter, & me ſuis eſchappée,
Perſide luy dira que ie viens de ſortir;
Les ruſes que ie ſçay m'en peuuent garantir;
Alors qu'il entrera faire vn peu l'empeſchée,
Feignant d'aller dehors s'il me trouue couchée,
Me plaindre de la teſte, & ne luy point parler,
Tantoſt garder la chambre & me faire celer;
Quand il m'entretiendra, parler à ma voiſine,
Blaſmer tous ſes diſcours, faire mauuaiſe mine,
Me leuer bien ſouuent pour appeller quelqu'vn,
C'eſt aſſez pour chaſſer cét amant importun.

ALINDOR.

Madame, il ne faut point le traitter de la ſorte,
Vous n'auez ſeulement qu'à commander qu'il ſorte
Laiſſez cét artifice aux timides eſprits,
Chaſſez-le par empire, & non pas par meſpris;

Il n'en faudra pas moins pour esloigner Erace:

ARTHEMISE.

Mais ie ne pense pas que Clarice le fasse,
Il est trop necessaire à vos contentemens;
Il est vray qu'il faudroit d'expres commandemens
Pour vous rauir les soins qu'il rend à vostre flamme:
Il aime vostre bien;

ALINDOR.
Mais son plaisir, Madame.

ARTHEMISE.

Erace, asseurément a trahy son deuoir,
Feignons de ne rien croire afin de tout sçauoir:
Mais peut-estre Alindor, mon absence l'afflige,
Peut-il bien s'ennuyer alors qu'il vous oblige.

ALINDOR.

Encor qu'il soit absent de vos diuins appas,
Ie vous puis asseurer qu'il ne s'afflige pas:

ARTHEMISE.

Il se plaist dans le soin qu'il a pris de vous plaire

ALINDOR.

Elle ne m'entend pas & la chose est si claire;
Ie commence, Madame, à deuenir ialoux,
Et croy qu'il aime mieux ma maistresse que vous
ARTHE-

ARTHEMISE.

Ah ! pariure: ah ! cruel ! il feint donc bien qu'il àime,
Puisque le connoissant, tu t'y trompes toy mesme;
Toutefois, quoy qu'à feindre il soit assez heureux
Tu fais mieux le ialoux qu'il ne fait l'amoureux

ALINDOR.

Madame croyez moy, ma peur est veritable,
Et son amour aussi

ARTHEMISE.

perfide detestable!
Tu parles de l'amour qu'il m'a tousiours porté ;

ALINDOR.

Ne luy parlay - ie point auec obscurité!
Ie parle de l'amour d'Erace pour Clarice;
Est-ce assez m'expliquer

ARTHEMISE.

le gentil artifice:
Tu m'esprou ses,

ALINDOR.

ie suis mal-heureux en ce point
Que ie me plains tousiours, & qu'on ne m'entend point.
Que iamais ie ne puisse entretenir Clarice,
Qu'elle me soit cruelle autant qu'elle est propice,

G

Que ie perde le bien promis à mes trauaux,
Que ie voye à mes yeux triompher mes riuaux,
Que de mille regrets mon amour soit suiuie,
Et que i'erre aueuglé le reste de ma vie,
Sans suite, sans dessein, bien loin de mon pays,
Si tous deux à la fois il ne nous a trahis;
S'il n'a secrettement quitté vostre seruice,
S'il n'aime ma maistresse oubien plustost Clarice.

ARTHEMISE.

Tu sçais bien que le Ciel se rit de nos sermens,
Et qu'il pardonne tout aux genereux amans.

ALINDOR.

Voyez de quelle main ces lignes sont tracees;
C'est icy que i'ay leu ses cruelles pensees.
Ie la tiens maintenant; la belle inuention!

ARTHEMISE.

Cela prouue assez bien sa sotte passion;
Il le faut contenter

ALINDOR.

*   si vous l'aimez encore,*
Rauissez-le Madame, à celle que i'adore,
De moment en moment cét amour va croissant,
Vous esteindrez bien tost ce petit feu naissant,
Il ne faut qu'vn trait d'œil, vn reproche, vne iniure,
Vne larme, vn souspir; hé ie vous en coniure,

A voſtre ſeul abord vous le verrez ſurpris.

ARTHEMISE.

Faiſons ceder icy la colere au meſpris,
Ne faiſons point ſemblant de ſentir cét outrage,
Mais par noſtre froideur, montrons noſtre courage:
Qu'il cheriſſe Alindor, ſa nouuelle priſon,
Ie l'abſous aiſément de cette trahiſon,
I'ay peché deuant luy, ie ne m'en puis deſdire,
Il adore Clarice, & i'aime Belanire,
Il me faſche de voir que l'on vous traitte ainſi,
Et que voſtre artifice ait ſi mal reüſſy.   Elle ſort

ALINDOR.

Me voila bien trompé, moy qui trompe les autres,
Peut-on voir des deſſeins plus mauuais que les noſtres,
Au lieu d'aimer Erace elle le veut hayr,
Et cherit Belanire, au lieu de le trahir.
A qui m'en dois-ie prendre en ce mal-heur extréme,
Accuſeray-ie Erace, Arthemiſe, ou moy meſme:
Moy, qui prends aueuglé dedans ma paſſion
Vn chemin tout contraire à mon intention,
Moy, qui pour l'obliger à r'appeller Erace
Recherche ſeulement vn moyen qui le chaſſe,
Moy, qui pour l'aſſurer qu'il a fauſſé ſa foy,
Luy fais voir vn eſcrit qu'il a tracé pour moy,
Et pour le faire aimer, & rechercher par elle
Luy prouue qu'il eſt traiſtre, inconſtant, infidelle:

Pernicieux Demon qui donne ces deſſeins,
Ou s'ils viennent de moy, qui peruertis leurs fins,
Malicieux autheur de ces metamorphoſes,
Qui troubles ſans ſujet l'ordre commun des choſes;
C'eſt toy ſeul que ie tiens pour l'autheur de mon mal,
Et qui contre mon bien ſuſcites mon riual.
Mais pourquoy ! mes deſſeins eſtoient bien legitimes,
Il vaut mieux condamner ces amans par leurs crimes;
Infidelles amans que l'abſence d'vn iour
Engage laſchement dans vne iniuſte amour;
Erace traiſtre ingrat : Arthemiſe infidelle
Qui nommiez autrefois voſtre flamme immortelle,
Qui iuriez de bruſler encor dans le tombeau,
Et qu'on voit conſommer dedans vn feu nouueau.
Infidelles, ingrats, qui perdez la memoire,
Des faueurs, dont iadis vous tiriez voſtre gloire;
C'eſt vous qui me priuez du bien que ie pretends,
Et ie ſerois heureux ſi vous eſtiez conſtans.
Non, ie ſuis le premier l'autheur de mon ſupplice,
Car puiſque Belanire en viſitant Clarice,
N'auoit aucun deſſein, deuois-ie l'eſloigner !
Il eſt vray qu'à la fin elle euſt pû le gaigner,
Quoy qu'elle fuſt farouche, elle eſtoit touſiours belle;
Et puis en ce temps-là ie n'approchois point d'elle:
Non toutes ces raiſons ne peuuent m'excuſer,
Ie ſuis coupable auſſi, ie me dois accuſer,
Cieux, Erace, Alindor, Belanire, Arthemiſe,
Conſiderez l'eſtat où ma fortune eſt miſe:

Vous estes criminels, ie vous accuse tous:
Mais dans nostre mal-heur quel conseil prendrons
   nous?
Cette confusion me met à la torture;
Laissons, laissons aller l'affaire à lauanture;
Puisque tous mes desseins me sont pernicieux,
Il faut voir si pour moy le destin fera mieux,
Clarice m'estimant, ie ne suis point en peine,
Et laisse agir sans peur leur amour & leur haine.

ACTE TROISIESME.

SCENE III.

BELINDE, PERSIDE.

BELINDE.

L A dedans le cœur quelque soucy caché,
Ne voyez vous pas bien qu'il s'en va tout
   fasché,
Le regard de trauers & la teste baissée;
Sans doute quelque mal luy trouble la pensée.

PERSIDE.

Le Ciel soit fauorable à ses iustes desirs,
Et descharge son cœur de tous ses desplaisirs;
De sa mesme douleur ie me sens affligée;
Belinde assurément ie luy suis obligée.

G iij.

Puis qu'il a fait venir Belanire chez nous;
Helas si tu sçauois que ce penser m'est doux.

BELINDE.

Il a comme i'ay dit vne vertu parfaitte;

PERSIDE.

Ie m'estonne de voir comme ma sœur le traitte,
Il a tant d'aduantage & de corps & d'esprit,
Si tost que ie le vis, Belinde, il me surprit;
Pourquoy le connoissant aussi bien que moy mesme
Ne l'aime-telle pas autant comme ie l'aime?

BELINDE.

Nous aimons quelque fois ceux qui n'ont point d'appas,
L'amour ferme nos yeux, nous ne choisissons pas;
Il nous charme souuent par des vertus secrettes;
Et quoy! si nous n'aimions que les choses parfaittes,
Et qu'il nous fust permis de choisir librement,
On nous verroit dix mille apres vn seul amant;
Le Ciel à tous momens receuroit des outrages,
Et verroit mespriser presque tous ses ouurages;
Le monde periroit, tout iroit à l'enuers,
S'il n'auoit mis en nous des mouuemens diuers:
L'vn aime la vermeille, & l'autre aime la blesme,
Et la plus vieille aussi trouue quelqu'vn qui l'aime:
Vus aimez Belanire; elle Erace, Alindor
Aime Clarice; vn autre en aime vne autre encor.

V'n monstre nous plaist bien; la nature prudente,
Nous fait trouuer à tous quelqu'vn qui nous contente;
Remerciez les Dieux, de ce qu'en voftre fein
Ils ont voulu loger vn mounement fi fein.

PERSIDE.

Mais cette paßion que tu nommes fi faine
Rend mon efprit malade & me met bien en peine:
Le Ciel me deuoit rendre aimable comme il eft
Afin que ie luy plaife außi bien qu'il me plaift,
Ie l'aime dans l'excez, fa vertu m'eft connuë,
Et mes plus doux regards n'arreftent point fa veuë.

BELINDE.

Non, non, ne croyez pas qu'il ait le cœur fi dur,
Tenez luy feulement quelque difcours obfcur
Qui touche voftre amour, & qu'vn foufpir le fuiue.

PERSIDE.
Belinde ie ne puis,

BELINDE.

                    eftes vous fi craintiue;

PERSIDE.
Plus que ie n'euffe crû,

BELINDE.
                    l'auez vous efprouué;

PERSIDE.

Depuis qu'il vient chez nous cela m'eft arriué:

I'ay fait fecrettement des deffeins en mon ame,
I'ay choifi des difcours pour defcouurir ma flamme;
Ie m'y fuis refoluë, & defia plufieurs fois
I'ay trouué preparez mon courage & ma voix;
Mais en le regardant ie fuis comme vne fouche,
Ces termes genereux me meurent dans la bouche;
Mon cœur bat de defpit qu'il a de cét affront,
La honte auec la peur paroiffent fur mon front;
Enfin ces beaux deffeins s'en vont tous en fumée,
Et de cette eloquence en mon ame imprimée
Il ne me refte rien pour tefmoigner ma foy
Que de petits foufpirs qui fortent malgrémoy.
Mais parle en ma faueur: dis que ma fœur l'abufe,
Fais qu'il l'ait en horreur, defcouure luy farufe,
Montre que cét amour n'eft qu'vne trahifon,
Et qu'il doit s'engager dans vne autre prifon,
Et de là tu viendras au recit de ma peine.

BELINDE.

Chez luy ce beau difcours cauferoit de la haine,
Il fuiroit ce logis qu'il eftime fi cher,
Et vous l'efloigneriez au lieu de l'approcher.
Laiffez moy tout le foin de cette confidence
Il s'y faut gouuerner auec plus de prudence,
Et fuiure pour l'auoir, vn chemin bien plus feur
Ie veux premierement,

PERSIDE.

ie voy venir ma fœur.

ACTE

ACTE TROISIESME.

SCENE IIII.

ARTHEMISE, PERSIDE.

ARTHEMISE.

M A sœur aime tousiours l'interest de ce traistre;
C'est elle, à mon mal-heur qui me le fit con-
naistre,
Qui cent fois en secret me le vint estimer,
M'aduertit qu'il m'aimoit, & me le fit aimer:
Feignons en luy parlant, que i'aime Belanire;
Sans doute qu'à l'instant elle ira luy redire;
Et luy reconnoistra croyant ce nouueau feu
Que s'il ne m'aime plus, ie l'estime bien peu

PERSIDE à Belinde.

C'est bien dit

ARTHEMISE.

la voicy; seul tesmoin de ma flamme:
Chere sœur, vn penser nuit & plaist à mon ame,
Mille fois ie le voy passer & repasser,
Ie n'ose le tenir, & ne puis le chasser,
Quoy qu'il me semble iniuste, il me plaist, ie l'admire;
Sur luy ma volonté n'estend point son empire,

H

I'efprouue à cét effet fes efforts impuiſſans,
Afin de l'eſloigner, i'en eſloigne mes ſens:
Mais à luy malgré moy tous enſemble ils ſe rendent,
Ie ne m'en puis feruir, & ie croy qu'ils s'entendent.

PERSIDE.

Dites moy ce que c'eſt:

ARTHEMISE.

hé! que me diras tu?
Ie verray mon honneur fous mon crime abbatu,
Que tu vas iuſtement blaſmer ma perfidie,
Quoy que tu puiſſes dire, il faut que ie le die,
Ie ne puis plus tenir mon ſupplice caché,
L'amour tout le premier a commis ce peché.

PERSIDE.

Vous ne me dites rien: mon ſein eſt tout de glace!
Dites donc,

ARTHEMISE.
chere ſœur, ie n'aime plus Erace.

PERSIDE.
Parlez vous tout de bon:

ARTHEMISE.
Ie dis la verité,

PERSIDE.
Sans doute vous riez,

ARTHEMISE.
ton incredulité

Me fait voir que mon crime est bien digne de blasme,
Et me iette vn remords plus sensible dans l'ame,
Chere sœur, si tu veux adoucir mon tourment,
Et me flatter vn peu; croy plus facilement:
Les doutes que tu fais trop rudement m'accusent,
Mon crime est bien commun; mille exemples l'excusent;
Ne t'estonne point tant de cette passion,
Elle est seule ma faute & ma punition;
Moy mesme ie me suis dans mon piege attrappée.
Celuy que ie taschois de tromper m'a trompée.
Belanire, Demon, qui troubles ma raison,
Quels moyens n'as tu point pour donner ton poison?
Ie souspirois par feinte ; en effet ie soupire.

PERSIDE.

O mal-heur sans pareil ! vous aimez Belanire !
Et ce fidelle amant, les souspirs qu'il a faits,
Ses plaintes, ses soucis, ses vœux & leurs effets,
Ses seruices, ses soins, ses pleurs, ses esperances;
Vos promesses, vos vœux, vos belles assurances,
Vostre foy, vostre honneur, sa vertu, le trespas,
Qu'il va bien tost souffrir ne vous touchera pas;
Vous verrez sans pitié

ARTHEMISE.

    que ce discours m'offence,
Quoy que ie n'ose rien produire en ma deffence,
Si ce n'est que l'amour m'a reduit à ce point,
Dis que mon choix est iuste, ou ne me parle point.

        H ij

PERSIDE.

Qu'il est iuste, bons Dieux!

ARTHEMISE.

                   pour finir ce reproche

Ie me retire, adieu

PERSIDE.

                 traistresse, cœur de roche,
Tu te deffais d'Erace, & ce fidelle amant
Qui te seruoit si bien reçoit ce traittement:
Erace maintenant ioignons nos iustes plaintes,
Detestons cette ingratte & l'autheur de ces feintes,
Nos vœux ne seront plus desormais entendus,
Mon espoir est trompé; tes seruices perdus;
Elle aime Belanire, il a ce qu'il demande,
Pour luy, mon cœur seroit vne inutile offrande;
Oublions nos amours, laissons là nos desseins,
Belinde n'y va pas, tes discours seront vains
Disons à cét amant qu'vn riual le surmonte,
Et qu'il fasse mourir cette ingrate de honte.

ACTE QVATRIESME

SCENE PREMIERE.

ARTHEMISE.

Onne trefue Arthemise à ces lasches
douleurs,
Tien la perte d'vn traistre, indigne de tes
pleurs
C'est vn traistre, il est vray; mais c'est tousiours Erace,
Ie ne le puis haïr, & ie voy qu'il me chasse!
Tu ne le puis haïr ! tu pousses des souspirs
Qui tesmoignent encor tes amoureux desirs.
Insensible tu crois ta douleur legitime;
Tu plains ta perte, au lieu de detester son crime;
A voir tes actions, tes larmes, ton tourment,
On diroit que tu plains le trespas d'vn amant
Dont l'ame sous tes loix fut tousiours asseruie
Qui ne finit son mal qu'en finissant sa vie,
Dont le dernier souspir tesmoigna les douleurs
Qui te dit en mourant; c'est pour toy que ie meurs;
Et ce n'est qu'vn ingrat que tu plains; c'est Erace.
Ie ne le puis haïr, & ie voy qu'il me chasse.

Il a pour mon sujet bruslé de tant de feux,
Il m'a tant honorée, il m'a tant fait de vœux,
Il rangeoit ses desirs sous mon obeyssance ;
I'auois sur son esprit vne entiere puissance,
Et tenois dans mes mains sa vie & son trespas :
Il ne m'aima iamais puisqu'il ne m'aime pas ;
C'est vn pariure, vn traistre, & c'est tousiours Erace ;
Ie ne le puis hayr, & ie voy qu'il me chasse.
O cœur! que cét affront peut à peine toucher ;
Pourquoy n'estois tu pas aussi bien de rocher!
Au moment qu'il te fit sa poursuite inhumaine ;
Cœur trop prompt à l'amour, & trop lent à la haine,
Aueuglé dans l'excez de tes affections,
Capable seulement des lasches passions ;
Et quoy! sa trahison n'est-elle pas connuë,
Veux-tu garder le nom d'vn tyran qui me tuë?
Ie voy bien ce que c'est : ah! tu n'es plus de chair ;
Ce nom est sur du marbre ou bien sur du rocher,
Si tu n'es fait encor de matiere plus dure,
Et ie ne deurois pas m'estonner s'il y dure,
vne iuste fureur ne sçauroit t'embraser
Afin de le destruire, il faudroit te briser ;
Soustien donc les efforts dont ce tyran te presse ;
Voy comme il entretient sa nouuelle maistresse ;
Comme il fait esclatter sa premiere faueur ;
Te parla-t'il iamais auec tant de ferueur,
Le mot le plus commun où i'arreste ma veuë,
Prouue qu'il meurt pour elle, & le mesme me tuë ;

Ie le voy deuant moy, comme il se peint icy
Pasle, estonné, muet, immobile, transy;
Plus qu'il ne fut iamais lors que sa feinte flamme
Alluma ce brasier veritable en mon ame;
Il s'est dans ce discours trop viuement descrit,
Sa passion l'a fait, & non pas son esprit:
En croiray-ie mes yeux;

Elle iecte
te-les
yeux su
ces mes
mes ver

ACTE QVATRIESME.

SCENE II.

PERSIDE, ERACE, ARTHEMISE.

PERSIDE, à Erace.

Elle re-
garde l
papier.

MOntrez vn peu de ioye,
En l'abordant: adieu, i'ay peur qu'elle me voye;
ERACE.
Que luy pourray-ie dire?
ARTHEMISE, lisant encor les vers d'Erace,
Ah! c'est trop le flatter,
Cecy vient de ses mains, il n'en faut point douter:
PERSIDE.
Contraignez vous vn peu, ne faites point paraistre
Que vous sçachiez son crime

Perside
renure.

ARTHEMISE.
O Dieux! voicy le traistre.

ERACE tout bas.

Ah cruelle!

ARTHEMISE tout bas.

Ah perfide!

ERACE.

il faut diſſimuler,

ARTHEMISE.

En ce lieu la fureur m'empeſche de parler.

ERACE.

Diſſimulons pourtant:

ARTHEMISE.

Et bien cette maiſtreſſe,
Comment la traittez vous?

ERACE.

ame ingrate & traiſtreſſe!
Madame, ſans mentir, ce ioug m'eſt bien peſant,
Et ie me faſche fort d'eſtre ſi complaiſant:
La contrainte où ie ſuis met mon ame à la geſne.

ARTHEMISE.

Quoy! pour ſeruir Clarice, auez vous tant de peine?

Encore

Encore dites moy, faites vous bien l'amant?

ERAGE.

Ce que iay pratiqué, ie l'imite aisément;
I'ay bien appris chez vous à defcrire des flammes,
A quel point la beauté peut reduire les ames,
Et de mille captifs en vos fers arreftez,
Quels yeux peuuent auoir des amans tranfportez;
I'ay bien appris chez vous par mon experience
Leurs plaintes, leurs fouspirs & leur impatience,
Leur filence, leurs pleurs, leur entretien confus,
Et la peine qu'ils ont à fouffrir vn refus;
I'ay remarqué chez vous & par vn long vfage
La couleur que l'amour met deffus leur vifage,
Enfin i'ay bien appris leur ioye, & leur foucy,
Et l'ayant bien appris, ie le dis bien auffi;
Encor eft-il befoin que ie me reprefente
Pour bien faire l'amant que vous eftes prefente,
Que ie forme chez moy vos attraits gracieux,
Et que ma fantaifie abufe vn peu mes yeux;
Ie m'approche de vous, quand ie m'approche d'elle;
C'eft à vous que ie dis, ie te feray fidelle;
I'efleue voftre efprit en efleuant le fien,
Et quand ie l'entretien, c'eft vous que i'entretien.

ARTHEMISE.

Sans emprunter d'attraits de voftre fantaifie
Clarice pourroit bien me mettre en ialoufie:

Mais quoy, i'excuserois vn si beau changement;
Ie sçay que ce venin, coule insensiblement,
Qu'on ne peut l'empescher, quelque effort que l'on fasse,
Ie ne le sçay que trop:

ERACE.

ô mal-heureux Erace!

ARTHEMISE.

Quelque-fois quand on trompe, on se va deceuant,
Et quand on feint d'aimer, on aime bien souuent.

ERACE.

Elle s'explique assez: Il est bien vray, Madame,
Pour ceux-là qui n'ont point disposé de leur ame,
Qui la tiennent encor ouuerte aux premiers coups;
Non pas pour ceux qui sont esclaues comme nous.

ARTHEMISE.

Ie les excuse aussi:

ERACE.

la perfide s'excuse,

ARTHEMISE.

Quand nous ne brisons pas nostre chaisne, elle s'vse.
Condamne auecque moy cette seuerité,
Nos sens se plaisent tous à la diuersité,

Nous trouuons en tous lieux vn nombre de merueilles
Qui peuuent diuertir nos yeux & nos oreilles,
La clarté du Soleil, le murmure des eaux,
Le coloris des fleurs, & le chant des oiseaux;
Noſtre eſprit eſt remply de mille connoiſſances,
Et celle que l'on tient de toutes nos puiſſances,
La plus libre, de qui l'eſprit meſme eſt ſujet
Sera ſeule captiue, & n'aura qu'vn objet?
Quoy nos yeux pechent-ils & ſont-ils infidelles?
Pour voir auec plaiſir mille couleurs nouuelles.

E R A C E.

Ces nouuelles couleurs & ces bruits rauiſſans
D'vn mouuement aisé ſe donnent à nos ſens;
Mais noſtre volonté ſe donne à ce qu'elle aime,
Et ce ſeroit, Madame, vne iniuſtice extréme
Que de redemander ce qu'on auroit donné.

A R T H E M I S E.

Par ton propre diſcours tu t'es bien condamné.

E R A C E.

C'eſt foibleſſe d'eſprit, ou pluſtoſt imprudence,

A R T H E M I S E.

On pouroit iuſtement blaſmer cette inconſtance,
Si deuant que d'aimer pour la premiere fois
L'amour nous permettoit la liberté du choix,

I ij

Sil ne nous fuisoit point de surprise impreueuë,
S'il n'abusoit iamais ny l'esprit ny la veuë,
Et s'il nous accordoit quelques libres momens,
Pour en choisir vn seul d'entre tous nos amans,
Pour mieux voir ses desseins, reconnoistre sa flamme,
Remarquer ses defaux, & du corps & de l'ame;
Si l'amour nous laissoit dans cette liberté,
Alors nous aimerions auec fidelité,
Puisque nous aimerions auecque connoissance.
Et qui se desplairoit dans son obeyssance,
Et changeroit de fers, il deuroit iustement
Blasmer son inconstance, ou bien son iugement:
Mais le trompeur se glisse afin de nous surprendre,
Et si nous resistons & tardons à nous rendre
Il fait voir ses amans sous vn visage faux,
Et d'vn peu de merite il cache cent défaux;
Ie m'estonne dequoy ce change les irrite,
On les prist sans sujet, sans sujet on les quitte.

ERACE.

S'il est tel, à bon droit l'inconstance vous plaist:
Mais vous le faites bien plus iniuste qu'il n'est,
Encore a-t'il permis quelque choix raisonnable;

ARTHEMISE.

Ce n'est donc pas de toy, pariure abominable.
Auoüez moy pourtant sans perdre plus de temps
Que l'on doit excuser ces esprits inconstans;

La fable qui choisit des chastimens aux vices,
Condamne expressément à de cruels supplices
L'indiscretion mesme & la temerité,
Et n'y condamne point cette legereté.

ERACE.

La constance chez moy prouuera le contraire;

ARTHEMISE.

Cette vertu n'est rien qu'vne vieille chimere
Que nostre esprit oisif fait durant le sommeil;
Vn beau visage enfin qui n'a point son pareil
Dont on a pris plaisir à faire la peinture,
Et dont l'original n'est point dans la nature.

ERACE.

Cette rare vertu, pour toy n'a point d'appas,
ARTHEMISE.
Le traistre estime bien la vertu qu'il n'a pas.
ERACE.
Celle qui par sa main finit sa destinée,
Cette aimable Didon qui brusla pour Enée,
Ne doit-elle pas estre à la posterité
Vn exemple d'amour, & de fidelité.
ARTHEMISE.
Enfin contre luy mesme elle deuint cruelle,
Et sa fidelité mourut bien deuant elle;

Elle quitta le monde à deſſein ſeulement
De reuoir ſon eſpoux & laiſſer ſon amant.

ERACE.

Et bien vous apprendrez par ma flamme immortelle
Malgré vos ſentimens qu'on peut eſtre fidelle,
Ie le iure, Madame, & l'ay cent fois iuré:
Mais auec iugement ie m'y ſuis preparé;
Ie vous puis aſſurer que deuant que ie fiſſe
De ce cœur qui vous aime, vn iuſte ſacrifice,
Ie me ſuis proposé tous les empeſchemens
Qui peuuent deſtourner les deſirs des amans:
Si le Ciel t'en offroit encore vne plus belle,
Ay - ie dit en moy meſme, & qui t'aimaſt plus qu'elle,
Qu'autre part Arthemiſe euſt engagé ſa foy,
Et qu'elle careſſaſt ton riual deuant toy;
Rauiſt à tes trauaux ce qu'ils doiuent pretendre,
Ne ſe pluſt qu'à le voir, luy parler, & l'entendre
Le contemplaſt touſiours lors que tu parlerois,
N'approuuaſt rien du tout de ce que tu dirois,
T'interrompiſt ſouuent par meſpris, par colere,
Enfin ne te fiſt rien qui ne te puſt deſplaire;
O mal-heureux Erace ! & bien que ferois-tu?
Ne bannirois tu pas cette laſche vertu?
Pourrois -tu voir ton ame à ſes deſirs ſoubmiſe?
C'eſt encore trop peu pour quitter Arthemiſe.

ARTHEMISE.

Le perfide ! i'ay fait ces reſolutions,
I'ay long-iemps eu pour toy ces fortes paſſions,

Iay crû qu'aucun obiet ne m'en pouuoit diſtraire,
Mais Erace, croy moy, i'ay bien vû le contraire;
On a fait ſur mon ame vn plus puiſſant effort :

ERACE.

Elle va prononcer ma ſentence de mort.

ARTHEMISE.

I'aime, i'aime touſiours; mais ce n'eſt plus Erace;

ERACE.

O dieux!

ARTHEMISE.

　　　　ſois raiſonnable, & te mets en ma place,
Parle moy, ſi tu peux, d'vn iugement bien ſain,
Tu ſeras patient, ſi tu n'es pas ſi vain;
Ne me prepare point de foibles remonſtrances;
Ne repreſente point tes vœux, tes eſperances,
Tes ſeruices, tes pleurs, tes ſouſpirs, ton ſoucy,
Erace, i'ay ſouffert comme toy iuſqu'icy:
Songe que la nature, en merueilles feconde,
Ne t'a pas formé ſeul aimable dans le monde,
Et que ce Caualier dont i'ay receu la foy,
A beaucoup plus de grace & de vertu que toy.

ERACE.

Ah cruelle! ah pariure! il faut donc que ie meure,

ARTHEMISE.

Pour t'oüir ſouſpirer, ne crois pas que ie pleure;

Ie ne crains point icy de cauſer ton treſpas,
Ton deuil eſt faux, ie ſçay que tu n'en mourras pas.
Le traiſtre ſçait bien feindre vn amoureux martire!

E R A C E.

Helas ie n'en puis plus! que me voulez vous dire?
Cruelle, vous riez de m'auoir outragé:

A R T H E M I S E.

Ne vous faſchez point tant, vous vous eſtes vangé;
I'en dois croire Alindor, & cecy m'en aſſure;
Ie vous ſuis infidelle & vous m'eſtes pariure.

E R A C E.

He! Madame attendez. En vain ie la pourſuy,
Ce ſont les meſmes vers que i'ay reſcris pour luy!
I'en dois croire Alindor, me dit cette cruelle;
C'eſt luy meſme, c'eſt luy, qui m'a fait haïr d'elle,
A ce deſſein le traiſtre a fait ces vers icy,
Helas! que t'ay-ie fait pour me traitter ainſi?
Obliger mon riual tandis que ie t'oblige!

ACTE

ACTE QVATRIESME.

SCENE III.

CLARICE, ERACE.

CLARICE.

Race escoute vn peu: mais qu'est-ce qui t'afflige,

ERACE.

Alindor me trahit, & pour l'auoir seruy,
Arthemise me hait, mon bon-heur m'est rauy;
Madame, vous sçaurez l'action la plus noire,
Contre vn fidelle amy, qui soit dans la memoire;
Voicy des vers, Madame, où descrit vn amant
Le bien qu'il a receu dans son rauissement,
Et les charmants appas qu'il trouue en sa maistresse,
Ce traistre les a faits auecque tant d'adresse
Que vous n'y sçauriez voir aucun terme affeté
Qui puisse descouurir quel est ce transporté:
Ie les veux, m'a-t'il dit, presenter à Clarice:
Mais de peur que le pere entende l'artifice,
Et conçoiue de là quelque soupçon de nous,
Rescry les ie te prie, & mets ton nom dessous;

K

Ie l'ay fait, & le traiftre a dit à ma maiftreffe
Que i'en eftois l'autheur,

CLARICE.

C'eft à moy qu'il s'adreffe:
Mais quel eft fon deffein?

ERACE.

Madame on le verra
Dans fon perfide cœur que ce fer ouurira,
I'en ay cent fois iuré,

CLARICE.

Attends encor Erace:

ERACE.

Ne me retardez point:

CLARICE.

Que faut-il que ie faffe?

ERACE.

Madame, regardez ce qu'il vous eft permis
D'efperer d'vn amant qui trahit fes amis.

CLARICE.

Aime-t'il Arthemife; & pour chaffer Erace
Auroit-il fait ce coup! mon fang eft tout de glace;

Il m'a traitté tantoft auec bien du refpect,
Et bien de la froideur; tout cela m'eft fufpect,
Ie l'ay veu deuant moy dans vne impatience,
Qui prouue qu'vn remords troubloit fa confcience;
Ie l'ay veu dans la crainte & dans l'eftonnement,
Sans doute fes penfers l'agitoient rudement!
Qu'en dois-ie croire! ô Dieux! feroit-il bien poffible;
Vne fubite horreur me rend prefque infenfible;
Tous mes fens font troublez, mon efprit eft confus,
Le voicy; ie le veux furprendre là deffus.

ACTE QVATRIESME.

SCENE IIII.

ALINDOR, CLARICE.

ALINDOR.

Immobile, eftonné comme d'vn coup de foudre;
A quoy, pauure Alindor, te pourras tu
      refoudre?
Tout ce que tu croyois t'eftre vtile, te nuit;
Erace aime Clarice, Arthemife le fuit.

CLARICE.

Ie vous cherche Alindor, auec beaucoup de peine;
Auez vous leu ces vers, en fçauez vous la veine?

ALINDOR.

Excusez s'il vous plaist mon infidelité.

CLARICE.

Il m'est donc infidelle ! Insigne lascheté !

ALINDOR.

I'ay composé ces vers, & tasché de la sorte
D'abuser Arthemise;

CLARICE.

　　　　　ô dieux ! me voila morte:

ALINDOR.

Afin qu'elle tirast Erace de chez vous,
Qui s'y plaist vn peu trop.

CLARICE.

　　　　　Quoy! vous estes ialoux?
Ie reprens mes esprits: ces mots m'ont rendu l'ame,

ALINDOR.

Parmy tous les soupçons que m'a donné sa flamme
I'ay tousiours conserué la bonne opinion
Qu'auparauant i'auois de vostre affection:
Vostre fidelité n'a pas esté blessée
D'vn mot tant seulement, non pas d'vne pensée;

Ses pas, ses actions, ses soušpirs, son ardeur,
Ie ne le cele point m'ont donné de la peur;
Mais cette vaine image, est presque disparuë,
Aussi tost que sur vous i'ay retourné ma veuë;
Son impudique amour cede à vostre vertu,
Et releue aisément mon courage abbatu :
Mais d'un autre costé, ce qui me desespere,
C'est, & vous le craignez, l'auarice d'un pere,
Qui vous pourroit forcer à cherir un party,
Où vostre volonté n'auroit point consenty;
Ce pere qui du bien tire toute sa gloire,
C'est luy seul que ie crains:

CLARICE,

Mais qui vous a fait croire
Qu'Erace pratiquoit ces secrettes amours,

ALINDOR.

Son silence ses pleurs, ses soušpirs, ses discours,
Que vous auez oüis aussi bien que moy mesme,
Sont les iustes tesmoins qui m'ont dit qu'il vous aime.

CLARICE.

Alindor, ie n'ay rien descouuert de cela,
Et n'estois pas presente alors qu'il m'en parla:
Si tout son crime vient de m'auoir regardée;
Vostre peur, Alindor, est assez mal fondée,

K iij

Vn peu d'ennuy peut-estre, vn souspir, vn regard,
Enuoyé sans dessein, vn mot dit par hazard,
Et tout cela changé dans vostre fantaisie,
Est le seul fondement de vostre ialousie;
Enfin vous trouuerez ses pensers innocens,
Et que vous n'auez point de traistres que vos sens.
C'est vne opinion bien faulse que la vostre.

ALINDOR.

Desdiray-ie mes yeux, pour croire aux yeux d'vn autre;
Non, Madame, mes sens ne peuuent m'abuser,

CLARICE.

Ce sont de faux tesmoings qu'il vous faut recu-
ser;
I'ay sceu qu'à sa maistresse il n'est pas infidelle,
Par le regret qu'il a d'estre mesprisé d'elle,
Et le pressant desir de se vanger de vous,
Dissipe tes soupçons; cesse d'estre ialoux;
Croy ce que ie te dis, & si tu me veux plaire,
Va t'en voir Arthemise, appaise sa colere,
Euite ce combat qui causeroit ma mort.

ALINDOR.

Vos prieres sur moy font vn puissant effort.

CLARICE.

Adieu, contente moy,

ALINDOR.

                    i'obeiray, Madame.
Cruelle passion qui tourmente nostre ame!
Qui changes nos objets, qui peruertis nos sens;
Que ta cause est legere & tes effets puissans!

Elle se

Il en
chez
themi

ACTE CINQVIESME.

SCENE PREMIERE.

ERACE, ALINDOR.

ERACE.

Oy qui fais contre moy des pourfuites
    fecrettes
Ie te deurois traitter ainfi que tu me
    traittes,
Et plonger le poignard dans ce cœur inhu-
main:
Mais ie ne le veux pas, mets l'eſpée à la main,
Deliure toy des maux que fait la conſcience.

ALINDOR.

Amy, ie teſupplie, vn peu de patience;
Ie n'ay que mal iugé de ta fidelité;
Ie t'ay crû, traiſtre Erace, & ne l'ay point eſté,
Vn peu de ialouſie eſt ma peine & mon crime,
Mes ſoupçons eſtoient faux; mon deſſein legitime;
Iay crû par quelques pas, par quelques actions,
Que tu me trauerſois dans mes pretenſions,

Et que

Et que ie t'allois voir dans les bras de Clarice;
Ta grace, ta vertu, ton bien, & l'auarice
De ce pere cruel, qui n'estime que l'or,
Me redoubloit la peur de perdre ce thresor;
Là dessus i'ay tasché d'vne innocente adresse,
De faire imaginer le mesme à ta maistresse:
Mais le tout à dessein qu'elle te retirast,
Et qu'en te r'approchant, elle me r'assurast.

ERACE.

Perfide ne croy pas que ton discours me plaise;
Ie hay les bons desseins dont la suite est mauuaise,

ALINDOR.

Ie me suis accusé pour te iustifier,
Elle t'aime tousiours,

ERAGE.

      m'y deurois-ie fier;
Non ie ne le croy point, quoy que tu puisses dire,

ALINDOR.

Cachons nous, elle sort auec Belanire.

L

※※※※※※※※※※※※※※※※※※※※※

ACTE CINQVIESME.

SCENE II.

ERACE, ALINDOR, ARTHEMISE, BELANIRE.

ARTHEMISE.

O N loüera quelque iour nos fidelles amours,

ERACE.

Et bien, que veux-tu dire? elle m'aime
touſiours!

BELANIRE.

Mais quand pourray-ie voir finir mon eſperance?

ARTHEMISE.

Pluſtoſt que tu ne crois ;

ERACE.

O cruelle aſſeurance!
N'eſt-il pas ſatisfaict? ne ſuis-ie pas puny!

BELANIRE.

Mais quelque terme encor, ce temps eſt infiny

ALINDOR.

Elle feint feulement:

ERACE.

Il n'eft plus temps de feindre,

BELANIRE.

Ne vous laffez vous point de m'oüyr toufiours plain-
  dre?
Quoy vos fens n'aiment-il que les triftes objets!
Et vous repaiffez vous des pleurs de vos fujets!
Eft-ce vn plaifir de voir des vifages qui pleurent?
D'oüir les triftes voix des amans qui fe meurent?
Les plus cruels tyrans deftournent bien leurs fens,
De ceux qu'ils font moürir, & qui font innocens:
Apres vn long combat que fuit vne victoire,
Les plus iuftes vainqueurs font contens de leur gloire,
Et voudroient en voyant tant d'hommes renuerfez,
Les auoir tous vaincus, fans les auoir bleffez;
Ils fe fafchent de voir vn fi fanglant carnage,
Et la douleur qu'ils ont tefmoigne leur courage;
Et vous à tous momens d'vn vifage ioyeux,
Sans troubler voftre efprit, fans détourner vos yeux,
Vous regardez la mort fur mon vifage peinte,
Vous me fentez languir vous efcoutez ma plainte,
Voyez mes actions, iugez de mes defirs,
Examinez mes coups, & contez mes foufpirs:
    L ij

Et de grace, arreftons noftre Hymen à cette heure,
Tandis que ie vous plais, & tandis que ie pleure,
A la fin de defpit mes regrets cefferont,
Ie ne me plaindray plus, mes larmes tariront,
Et dedans cét eftat vn peu moins deplorable,
Ie vous feray peut-eftre vn peu moins agreable.

ARTHEMISE.

Alors que i'ay deffein d'efprouuer mes amans,
Ie mefcroy leur vifage, & tous fes mouuemens;
Leurs pleurs ne parlent pas affez bien de leur peine,
On fouspire d'amour, on fouspire de haine;
La ioye en fon excez reffemble à la douleur,
Et tel eft immobile au fort de fon mal-heur,
Qui le fut autre-fois dans fa bonne fortune.
Ta langueur me defplaift, ta plainte m'importune;
Par d'autres actions tefmoigne tes defirs,
Et ne croy point auoir vn cœur pour des fouspirs:

BELANIRE.

Mais pour bien meriter cette heureufe conquefte,
Madame, où voulez vous que i'expofe ma tefte?
Quels maux faut-il fouffrir que ie n'ay point foufferts?
Faut-il rompre des monts, faut-il paffer des mers,
Courir où la difcorde a la guerre allumee,
Et fouftenir tout feul tout l'effort d'vne armee.

A R T H E M I S E.

Ne t'imagine point des monts à renuerser,
D'armee à souſtenir, de mers à trauerſer,
Sans quitter ton païs tu peux me ſatisfaire.

B E L A N I R E.

Commandez, ie vous prie; en quoy vous puis-ie plaire,
Connoiſſez mon amour, eſprouuez ma vertu;
Ne me retenez plus :

A R T H E M I S E.

     Mais m'obeïras tu.

B E L A N I R E.

Ah! Madame, ie meurs dans mon impatience,
Et qui vous fait douter de mon obeïſſance?

E R A C E.

Traiſtre, elle ſe diſpoſe à luy donner ſa foy :

A R T H E M I S E.

Voicy ce que ie veux : Ne reuien point chez moy.

A L I N D O R.

Es-tu content, Erace. Et bien!

E R A C E.

     Eſcoute encore.
      L iij

BELANIRE.

Parlez vous tout de bon ? Bel obiect que i'adore,
Et de qui sans mourir ie ne puis estre absent;
Ie vous offenserois en vous obeyssant,
Ne commettrois-ie pas vn crime sans exemple,
Si ie n'adorois plus vos beautez dans ce Temple.

ARTHEMISE.

Me déplaisant ainsi, sçache que tu me plais,
Ne me fais plus de vers, n'escris plus de poulets;
Oublie en ma faueur ces charmantes paroles,
Ces termes égarez, ces loüanges friuoles,
Nostre entretien passé, nostre Hymen pretendu:
Ce qui t'estoit permis, croy qu'il t'est deffendu;
Enfin ne m'aime plus, si tu veux que ie t'aime.

BELANIRE.

D'où peut venir cela; ie suis tousiours moy-méme;
Quelque ennemy ialoux de mon contentement
Vous pousse-t'il, Madame, à ce prompt changement;
Auez vous reconnu ma douleur appaisee ?
Ay-ie médit de vous ? vous ay-ie mesprisee ?

ARTHEMISE.

Ie ne te tins iamais en qualité d'amant;
Mon cœur n'a point changé; ie t'aimay seulement
Pour me vanger d'Erace, & non pas pour te plaire;

Ce que i'ay fait pour toy, ie l'ay fait par colere ;
Ie l'accufois à tort, & ie l'ay reconnu ;
Quitte moy Belanire, Erace eft reuenu.

BELANIRE.

Puis qu'il te faut quitter, ie te quitte fans peine,
Et tien indifferents ton amour & ta haine ;
Me perdant toutefois, perds cette vanité
De m'auoir retenu dans ta captiuité ;
Ie n'ay point enuié la fortune d'Erace,
Mon cœur iufques icy n'a bougé de fa place,
Tes traicts ne m'ont iamais touché que foiblement,
I'ay pleuré quelquefois par diuertiffement,
Et lcrs qu'en foufpirant ie t'appellois mon Ange,
Mes foufpirs eftoient faux, comme eftoit ma loüange ;
Au refte ie fouhaite auecques paffion,
Pour te voir bien punir de ton ambition,
Qu'auffi toft que l'Hymen vous aura ioints enfemble,
La difcorde chez vous fes machines affemble,
Qu'en tous les lieux du monde elle fuiue vos pas,
Qu'elle mefle du fiel dans vos plus doux repas,
Et qu'elle faffe enfin par des rufes nouuelles,
De deux parfaicts amans deux efpoux infideles.

BELINDE, arreftant Belanire.

Monfieur,

BELANIRE.

Et quoy ;

BELINDE.

De grace, vn mot,

ERACE, sortant auec Alindor.

Ie suis contant;

ARTHEMISE.

C'est comme il faut traicter cét esprit inconstant.

ERACE, arrestant Arthemise.

Ne fuyez pas ainsi, soyez iuge equitable,
Vous me deuez punir, ie suis assez coupable;
Ie n'ay pas auiourd'huy constamment enduré,
I'ay crû que vous l'aimiez, & i'en ay murmuré;
Contre moy vostre haine est encore legitime.

ARTHEMISE.

Ton accusation me remontre mon crime,
Si tu dois pour ta faute estre plus mal traicté,
Quel tourment mon peché n'a-t'il point merité?
Tu croyois qu'vn riual occupast ma memoire,
Ie te l'auois iuré, me deuois tu pas croire?
Moy i'ay crû sans raison ce ialoux transporté,
Et ie t'ay condamné sans t'auoir escouté.

ERACE.

Ie deuois sans me plaindre endurer ce supplice,

Et songer

Et songer que l'amant le plus exempt du vice,
Si vous le soupçonne, merite le trespas,
Et n'est plus innocent lors qu'il ne vous plaist pas.

ALINDOR, à Arthemise.

Mais ne deuez vous pas punir en conscience
Ce ialoux sans sujet, de qui la defiance
A mis imprudamment ce desordre entre vous;
Quoy, le plus criminel sortira-t'il absous?

ARTHEMISE.

Ie ne mets point de peine à ceste ialousie:
Mais i'en veux seulement purger ta fantaisie,
Et tousiours prés de moy ton riual retenir;
N'est-ce pas t'obliger?

ALINDOR.

C'est assez me punir.

ARTHEMISE, à Erace.

Puis qu'ainsi de nous deux la fortune se iouë,
Arrestons si tu veux son inconstante rouë;
L'Hymen peut auiourd'huy contenter nos desirs,
Acheuer nos trauaux, commencer nos plaisirs,
Bannir les ennemis de nostre douce vie,
Et rauir le pouuoir de nous nuire à l'enuie.

M

LE IALOVX

ERACE.

Non, Madame, essayez, plustost de m'affliger,
Et gardez de me perdre en voulant m'obliger;
Le plaisir excessif dont mon ame est comblee,
Au lieu de l'esleuer, l'a surprise & troublee.

ARTHEMISE.

Prepare toy pourtant à souffrir ce bon-heur;

ALINDOR.

Le Ciel comble vos iours & de ioye & d'honneur,
Qu'il rende auec vos corps vos volontez vnies,
Que les dissensions d'entre vous soient bannies;
Que vous n'ayez qu'vn cœur, qu'vne ame , qu'vn de-
sir,
Qu'auec vostre vertu dure vostre plaisir,
Que vous viuiez heureux ; enfin que Belanire
N'ait point de vostre Hymen le succés qu'il desire.

ERACE, à Alindor.

Je ne puis estre heureux si tu ne l'es aussi.

ALINDOR.

Puis que tous mes desseins ont si mal reüssi ;
Que ma discretion, ma crainte, mon adresse
Ne mont de rien seruy pour gaigner ma Maistresse,
Que ce pere cruel me deffend d'esperer ;

Quoy qu'il en puisse dire il me faut declarer;
Mon esprit en feignant me donne trop de peine,
Et puis ie reconnois que ma prudence est vaine;
Quand i'auray bien tasché de paraistre discret,
Quand i'auray bien bruslé, sans me plaindre en secret,
Quand sans estre connu, d'vn subtil artifice
I'auray pris vn baiser, vn adieu de Clarice,
Quand i'auray mis en ieu tous les traits de mon art,
Pour abuser les yeux d'vn pere, d'vn vieillard;
Quand apres bien des soings ma Maistresse aduertie
De ceux qu'il yra voir, du temps de sa sortie,
Peut-estre me dira que i'auance mes pas,
Erace tout cela ne m'auancera pa:.

ARTHEMISE.

Mais en vous declarant, gardez vous du naufrage:

ALINDOR.

Pourueu que ma Maistresse ait vn peu de courage,
Qu'elle tasche à dompter ses auares desirs,
A des mots resolus adiouste des souspirs,
Luy responde en pleurant : mais toutefois sans crain-
    dre;
Ie n'apprehende point, il ne la peut contraindre;
Ie parle tout au pis; mais par vn doux effort
Peut-estre on le pourra resoudre à cét accord.

M ij

LE IALOVX

ERACE.

Auec beaucoup de peine :

ALINDOR.

Escoute, ie te prie,
Va-t en l'entretenir, parle auec industrie ;
Dis qu'on perd pour Clarice & ses pleurs & ses pas,
Et que tu connois bien qu'elle ne t'aime pas ;
Que vers vn autre obiect sa passion l'emporte ;
Enfin descouure luy qu'elle m'aime, il n'importe :
Dis luy que tu ne peux desapprouuer son feu ;
C'est vn assez beau champ pour me flatter vn peu ;
Que nostre affection en ce lieu ne t'inuite
A parler dans l'excés de mon peu de merite ;
Tu pourras estimer mon courage, ma foy ;
Il croira mon riual, disant du bien de moy.

ARTHEMISE.

Ce genereux dessein reüßira sans doute,

ERACE.

Laissez, moy faire vn peu :

ARTHEMISE, à Alindor.

Mais ta Maistresse,

ALINDOR.

Escoute,

Il te faut aduertir Clarice de cecy,
Et l'y bien preparer:

ERACE.

ie l'eusse faict aussi;

ARTHEMISE.

Vous deuez esperer du bien de cette feinte :

ALINDOR.

I'ay bien peu d'esperance, & i'ay beaucoup de crainte;
Ie suis comme vn vaisseau, que les flots de la mer
Esleuent iusqu'aux Cieux, afin de l'abysmer;
Vn peu d'espoir, Madame, esleue mon courage :
Mais pour me faire voir mon tombeau, mon naufrage,
Pour me monstrer d'enhaut les obiects plus affreux,
Enfin me rend content pour estre mal-heureux:
Quand ie pense à Clarice, incontinent i'espere:
Mais ie crains aussi tost que ie pense à son pere :
Il me semble desia qu'il luy dit deuant nous,
Ie veux à mon plaisir te choisir vn espoux.
Ceste lasche fureur qui l'eschauffe me glace,

ARTHEMISE.

Cachons nous, ie le voy qui sort auec Erace.

M iij

ALINDOR.

Dieux ! que ie vais souffrir,

ARTHEMISE.

Il s'y faut preparer.

ALINDOR.

Ie cesseray bien tost de craindre, ou d'esperer.

ACTE CINQVIESME.

SCENE III.

ALCESTE, ERACE, ALINDOR.
ARTHEMISE.

ALCESTE.

*Ostre pere en son temps n'a point faict de
    largesses,
A ses rares vertus vous deuez vos ri-
    chesses,
Il a seruy d'exemple à nostre aage passé ;
Il estoit honneste homme, il a bien amassé ;
Il n'a point rencontré ses biens à sa naissance,*

Il ne les a point eus d'vne aueugle puiſſance,
Il ne les deuoit point au treſpas d'vn parent,
A l'amour d'vne femme, à la faueur d'vn Grand;
Ce fut ſon ſoin, ſes pas; ce fut ſa continence,
Ce fut ſon bon meſnage, & ce fut la prudence,
Dont ſes iuſtes labeurs furent touſiours regis,
Qui vous acquit de l'or, vous baſtit des logis.
Ah! ſi ces ieunes fous qui tous riches naſquirent,
Des biens que leurs parens par leurs peines acquirent,
Qui commençans à voir, ſe virent adorez,
Et furent éleuez dans des berceaux dorez.

ERACE.

En voila pour long temps, il recommence encore.

ALCESTE.

S'ils connoiſſoient les biens que le luxe deuore,
S'ils ſçauoient les dangers qu'il a fallu courir,
Et pour les conſeruer, & pour les acquerir,
Ah! qu'ils y toucheroient auec bien de la crainte,
Et qu'ils reſpecteroient comme vne choſe ſaincte
Ces cabinets pleins d'or, s'ils ſçauoient qu'en ces lieux,
Sont les riches tombeaux des cœurs de leurs ayeux:
Mais ils n'y ſongent pas, & ces ombres pieuſes
Ne peuuent arreſter leurs mains ambitieuſes;
Nous voyons les threſors qui leur ont tant couſté,
Employez laſchement dedans la volupté:

Nous voyons seruir l'or aux desirs detestables,
Il paraist sur les toits, il paraist sur les tables,
Il pese sur vos corps, & vos habillemens
Sont de riches fardeaux, de fascheux ornemens ;
Bref il paraist par tout, en tous lieux il esclaire,
Il ternit le Soleil, il fait honte à son pere.

ERACE.

Ie ne sçay quel demon cause ces changemens,
Chaque siecle a ses mœurs.

ALCESTE.

Debiles iugemens !
I'ay vû trois puissans Rois ; si i'ay bonne memoire,
Ie n'ay point remarqué,

ERACE.

le voila sur l'Histoire.

ALINDOR.

Dieux ! que n'empesche-t'il ces ennuyeux discours.

ERACE.

C'est assez endurer ! parlons de nos amours !

AL-

ALCESTE.

Il y a soixante ans que

ARTHEMISE.

l'humeur importune.

ERACE.

Monsieur, i'aurois sujet de benir ma fortune,
Si les biens que i'en ay me pouuoient procurer
Ce que vostre bonté m'auoit fait esperer,
S'ils me rendoient Clarice vn peu plus accessible :
Mais c'est là souhaitter vne chose impossible ;
En vain ie l'entretiens, i'ay bien appris ce iour
Qu'elle est sans yeux pour l'or, & pour moy sans amour,
Ma recherche la met dedans l'inquietude,
Elle craint mon bon-heur comme sa seruitude.

ALCESTE.

Ce que vous appellez & mespris & froideur,
Vous verrez que ce n'est qu'vne honneste pudeur,
Clarice est bien timide, elle fuit ce qu'elle aime ;
Ie connois son humeur ; sa mere estoit de mesme.

ERACE.

Ie sçay bien distinguer la honte & le mespris,
Si son cœur n'estoit point d'vn autre amour espris,
N.

I'espererois, Monsieur,

ALINDOR.

O Dieux! que i'apprehende,

ALCESTE.

Ie ne croy pas pourtant que quelqu'autre y pretende:

ERACE.

Belamire est sorty pour le mesme sujet;
Elle nous dit à tous qu'elle aime vn autre objet;
Le nomme, en fait estat, l'admire, nous mesprise,
Et dit que nous faisons vne vaine entreprise.

ALCESTE.

Ne desesperez point, c'est à moy de choisir;
Ma seule volonté doit estre son desir.

ERACE.

Encor si ce n'estoit qu'vne legere idee;
Si son affection n'estoit pas bien fondee,
Qu'elle n'eust pour object qu'vne vaine beauté,
Vne action contrainte, vn langage affetté;
I'espererois du temps, ou du pouuoir d'vn pere;
De l'vn; qu'il luy rendroit la vision plus claire,
Luy montreroit enfin cét object odieux,
Et que ce languissant qui plaist tant à ses yeux,

Est un monstre agreable, & non pas un miracle;
De l'autre ; qu'il romproit un si leger obstacle,
Qu'un mot aigre d'un pere, un visage irrité,
Remettroit aisément cét esprit transporté :
Mais ce puissant amour vient d'une autre origine,
Il n'a point pour object le langage ou la mine,
Les vertus l'ont fait naistre ; & c'est là seulement
Ce qui m'oste l'espoir.

ALCESTE.

Quel est donc cét amant?

ERACE.

Celuy que ie tenois dedans la confidence.
Alindor, c'est tout dire :

ALCESTE.

O fille sans prudence !
Non ! sa vertu n'a point de si charmans appas,
Alindor n'est pas riche ; elle ne l'aime pas.

ALINDOR.

Pere auare ! cruel ! Ie suis perdu, Madame.

ARTHEMISE.

Attendez,

ALCESTE.

Il faut voir ce qu'elle a dedans l'ame,
N ij

Allez querir Clarice:

ERACE.

Employez donc pour nous
Afin de m'obliger, les termes les plus doux;
Monsieur, vostre rigueur me feroit de la peine;
Gardez en la pressant de m'acquerir sa haine,
Que sa volonté seule obeïsse à mes vœux.

ALCESTE.

Clarice asseurément veut tout ce que ie veux.

ERACE.

Ie ne demande point vne amitié forcee:
Mais que la voix s'accorde auecque la pensee;
Le Dieu du mariage est doux; & ses liens
Doiuent ioindre les cœurs de mesme que les biens.

ALCESTE.

Attendez, la voicy.

ACTE CINQVIESME.

SCENE IV.

ALINDOR, ALCESTE, ERACE,
CLARICE, ARTHEMISE.

ALINDOR.

Auue moy du naufrage,
Puiſſant Demon des cœurs! donne luy du courage.

ALCESTE.

Ma fille, il faut icy monſtrer preſentement
Et voſtre obeyſſance, & voſtre iugement:
Si vous auez aimé voſtre heur & voſtre pere,
Vous pouuez maintenant l'obtenir, & me plaire;
Receuez cét amant qui vous donne ſa foy,
Donnez le moy pour gendre.

ALINDOR.

O Dieux!

CLARICE.

Eſcoutez moy,

N iij

Ie reſſens auiourd'huy du plaiſir en moy meſme,
De pouuoir ſans rougir declarer ce que i'ayme ;
Dans le choix que i'ay fait mon iugement paraiſt ;
I'aime Alindor, mon pere, & ie croy qu'il vous plaiſt.

ALCESTE.

Qu'eſt-ce à dire il me plaiſt ? Qui vous l'a faict ac-
    croire ?
Banniſſez cét amant loing de voſtre memoire ;
Celuy-cy me plaiſt bien ; ie vous en dis aſſez.

CLARICE.

Eſtimez-le, Monſieur, ſi vous le connoiſſez :
Parlez ſans paſſion, appaiſez voſtre flamme,
Mon choix eſt-il pas iuſte ; & faut-il qu'on le blaſme ?
Celuy que ie cheris auecque paſſion,
A-t'il iamais commis vne laſche action ?
N'a-t'il pas pour ſon Prince employé ſa puiſſance ?
Ne reuere-t'on pas ſa vertu, ſa naiſſance ?
Ne ſçait-on pas qu'il a meſpriſé les dangers,
Et dedans ſon païs, & chez les Eſtrangers ?
Se trouue-t'il quelqu'vn qui taiſe ſes merueilles,
S'il n'a fermé ſes yeux, ou bouché ſes oreilles ?
Croyez ſes ennemis, croyez ſes enuieux.

ERACE.

Pour moy ie n'oſerois en dédire mes yeux ;
La verité m'oblige à loüer ſon merite.

ARTHEMISE.

Le voila tout confus:

ALCESTE.

Que ce discours m'irrite!

ALINDOR.

Madame, ce tyran medite mon trespas,

ALCESTE.

Pressez-la vistement.

ERACE.

He! ne la pressez pas:
Monsieur, ie vous l'ay dit, cét effort m'est nuisible;

ALCESTE.

Auecque ce riual vous estes bien paisible;

ERACE.

Son merite m'oblige à ne le pas haïr.

ALCESTE.

Ah fille sans raison! Il vous faut obeïr:
Le voudriez vous bien, inciuile, imprudente!
Donnez moy cette main, ie veux qu'on me contente,

ERACE.

Pour moy dés à present i'en retire mes pas ;

CLARICE.

Ie tien de vous la vie, hé ! ne me l'oftez pas.

ALCESTE.

Voyez ce Caualier, aimez le tout à l'heure.

CLARICE.

Ie vous obeyray ; commandez que ie meure.

ERACE.

Moy ie n'y pretends pas, & i'approuue fon choix.

ALCESTE.

Le conftant amoureux. O rigoureufes loix!
Amour cruel tyran, où tu ranges les ames !
Aueugle paffion ! contentemens infames !

CLARICE.

Sa vertu feulement a fur moy ce pouuoir.

ALCESTE.

Si l'or ne luit aupres ie ne la fçaurois voir.

ARTHE-

ARTHEMISE.

Enfin il se resout.

ALCESTE.

  O Dieux! que dois-ie faire,

ALINDOR.

Vn si long entretien commence à me déplaire ;

ALCESTE.

Ie la veux contenter ! Il a trop peu de bien !
Elle m'obeïra ! Ie n'y gaigneray rien :
Et puis ce beau riual a cessé d'y pretendre.

ALINDOR.

O rigoureux combat !

ARTHEMISE.

   Sortons ; c'est trop attendre,

Le voila resolu

ALINDOR.

  il s'en faut bien garder ;
Toutefois monstrons nous, ie veux tout hazarder.

ALCESTE, à Clarice.

Le voicy. La couleur au visage vous monte.
Comment ! rougissez vous de ioye, ou bien de honte,
De me desobeïr, ou de voir cét amant !
Approchez vous d'icy ; parlez moy franchement,
Clarice vous plaist-elle ?

ALINDOR.

   Il faut estre barbare
Pour ne pas admirer vne vertu si rare ;
Et i'ay iuré, Monsieur, de l'aimer constamment.

ALCESTE.

Certes cét amoureux est de bon iugement,
Il choisit assez bien; Qu'en dites vous Erace ?
Luy voulez vous ceder ?

ERACE.

            Son merite me chasse,
Ie ne m'oppose point à leur saincte amitié.

CLARICE.

Hé mon pere ! de grace,

ALCESTE.

            Elle me fait pitié.

ALINDOR.

O Dieux ! tout à la fois, & i'espere & ie tremble;

ALCESTE.

Ie n'y resiste plus. Mettez vos mains ensemble.

CLARICE.

Ah ! que ie suis contente.

ARTHEMISE.

            O merueille !

ALINDOR.

                    O bon-heur!
Que peut-on rencontrer d'égal à cét honneur !

CLARICE, à son pere.

Pour la seconde fois vous me donnez la vie;

ALCESTE.

Aymez vous seulement, c'est toute mon enuie;
Taschez de viure en paix & de vous accorder.

ALINDOR.

ue vos commandemens sont aisez à garder;

ERACE.

Mais voicy Belanire, & Perside.

ARTHEMISE.

                    C'est elle,
Nous allons voir encore vne action nouuelle.

ACTE CINQVIESME.

SCENE V.

BELANIRE, ARTHEMISE, PERSIDE, ALCESTE, ALINDOR, CLARICE, ERACE.

BELANIRE, à Arthemise.

IE retourne chez vous, ie ne vous puis quitter;
Ces aimables appas me viennent d'arrester,
I'aime dans ceste sœur la moitié de vous mesmes.

ARTHEMISE.

Quel miracle est-ce-cy? Quoy ma sœur! Quoy tu l'aimes!

PERSIDE.

Ma sœur, ie l'ay tousiours aimé secrettement.

BELANIRE.

Il faudra maintenant que i'ayme constamment,
Vous en estonnez vous ?

ARTHEMISE, à Belanire.

                          Ce que ie trouue estrange,
C'est l'amour de ma sœur, & non pas vostre change ;
Ie connois vostre humeur. Tandis que tu le tiens,
Il le faut attacher auec de bons liens.

Elle dit
s vers
ut bas. *I'approuue vostre Hymen, ne parlez point du nostre.*

ALCESTE.

Vn bon-heur est souuent accompagné d'vn autre,
Viuez heureux amans, viuez dans la raison ;
Et que tousiours la paix regne en vostre maison:
N'employez vos moyens qu'aux choses necessaires ;
Gardez soigneusement ce qu'ont laissé vos peres,
Et taschez d'acquerir de tout vostre pouuoir
Des biens pour les enfans que vous deuez auoir.

F I N.

www.ingramcontent.com/pod-product-compliance
Lightning Source LLC
Chambersburg PA
CBHW060834250626
47162CB00005B/2061